리츠 호텔만 한
다이아몬드
The Diamond
as Big as
the Ritz

F. 스콧 피츠제럴드
김욱동 · 한은경 옮김

리츠 호텔만 한 다이아몬드

The Diamond as Big as the Ritz

F. 스콧 피츠제럴드

추천의 말

아름다운 상실의 시대

임경선(작가)

스콧 피츠제럴드는 가장 화려하고 거품이 많았던 미국의 1920년대를 풍미한 당대의 인기 작가였다. 미국은 1차 세계대전 후 호경기로 들썩이며 새로운 문화를 싹 틔우는 가운데 그에 걸맞은 영웅을 원하고 있었다. 젊고, 핸섬하고, 두려움을 모르고, 젊은이들의 마음을 유창하게 대변해 주는 스콧 피츠제럴드는 그야말로 사회가 필요로 했던 문학의 아이콘이었다. 사십 대라는 이른 나이에 세상을 떠나기 전까지 스콧 피츠제럴드는 수많은 소설 작품들을 통해 1920년대 미국의 초상을 생생히 그려 냈다. 그는 정경이나 분위기 묘사에 특히 탁월해서 읽다 보면 마치 내가 지금 이 순간 '그 시대'로 시간 여행을 하는 듯한 감각을 느끼게 한다.

장편 소설 『위대한 개츠비』로 세상에 이름을 널리 알린 스콧 피츠제럴드이지만, 알고 보면 그가 가장 많이 썼던 것은 장편이 아닌, 단편 소설들이었다. 그가 생전에 출간한 단편 소설 작품은 모두 백육십여 편에 달하는데, 세상의 모든 작가들을 다 둘러봐도 스콧 피츠제럴드만큼 단편 소설을 많이 써낸 작가는 발견하기 힘들 것이다. 그는 어떻게 그토록 많은 단편 소설을 발표할 수 있었을까? 그 이유는 스콧 피츠제럴드만큼이나 유명한 그의 아내, 젤다 피츠제럴드에게 있었다. 스콧의 아름다운 아내 젤다는 유행의 최첨단에서 화려하고 자유로운 소비 생활을 만끽하며 사교계의 관심을 한 몸에 받는 눈부신 존재였다. 실제 스콧과 젤다는 지성과 카리스마를 과시하며 '재즈 시대'의 롤모델 커플로 이름을 날렸다. 스콧에게 글 소재의 영감을 주기도 했던 젤다였지만 그녀는 기본적으로 낭비벽이 심하고 사치를 즐겼기에, 스콧은 결혼한 뒤부터 늘 금전적으로 쪼들릴 수밖에 없었다. 그리고 젤다가 원하는 화려한 생활을 유지하기 위해서 스콧이 할 수 있었던 것은 대중 잡지에 단편 소설을 지속적으로 투고하는 일뿐이었다. 당시 대중 잡지의 원고료는 아주 높았고, 장편 소설을 써서 인세를 기대하기보다는 주문을 받고 단편 소설을 써서 그 글을 파는 쪽이 경제적 보상 면에서 훨씬 나았던 것이다. 스콧 피츠제럴드는 어릴 때 부친의 경제적 파산으로 어느 누구보다도 가난을 뼈저리게 겪었던 터라, 돈과 재력에 대한 남다른 집착과 강박관념을 가지고 있기도 했다.

대중이 스콧 피츠제럴드에게 기대했던 것은 밝고 세련되면서도 어딘가 조금은 슬픈 도시 소설이었다. 스콧은 만화경처럼 화려했던 당시 재즈 시대의 생활상과 문화의 면면들을 천재적인 재능으로 단숨에 써 내려갔다. 그는 '단편 소설 따위, 하루면 쓸 수 있다!'라며 장담했고 실제로 한밤중에 시끌벅적한 파티에서 돌아와서는 자신의 서재에 틀어박혀 밤

1921년에 촬영한 서재에 앉아 있는 스콧 피츠제럴드

새 단편 소설을 쓱쓱 한 편 써낸 후, 날이 밝아 오면 또다시 다른 파티로 놀러 나가는 식으로 격정적인 나날을 보냈다. 하지만 단편 소설을 삽시간 만에 뚝딱 써냈다고 해서, 대중 잡지에 발표한 작품이라고 해서, 그가 쓴 단편 소설들이 결코 조잡한 것은 아니었다. 스콧은 자신의 출판 에이전트 해럴드 오버에게도 '나는 장편 소설을 구상하듯이 모든 단편 소설을 구상한다.'라고 고백했고 그의 단편 소설들은 흥미로운 플롯과 매력적인 등장인물, 서정적이면서도 산뜻한 문체, 실험적인 기법을 가지고 있었으며, 재미있으면서도 진지했고, 대중적이면서도 예술적이었다. 그중에서도 특히 몇몇 단편 소설 작품들은 숨 막힐 정도로 아름답고 탁월하게 쓰였다. 그 작품들은 피츠제럴드 단편 소설을 대표하는 걸작들로서 지금까지도 세계의 많은 독자들에게 널리 읽히고 있다. 이번에 출간된 스콧 피츠제럴드 단편 소설집에는 그중에서도 가장 빛나는 다섯 편의 단편 소설 —「다시 찾아온 바빌론」,「기나긴 외출」,「'분별 있는 일'」,「리츠 호텔만 한 다이아몬드」,「해외여행」— 이 수록되어 있다.(이 책에 실린 순서와는 별개로 하나하나 이야기해 보도록 하겠다.)

이번 스콧 피츠제럴드 단편 소설집에 수록된 다섯 편의 단편 소설들을 관통하는 공통된 정서는 아마도 '상실감'일 것이다. 피츠제럴드 소설에 등장하는 주인공들은 물질적 성공과 젊음과 사랑, 아름다움 등을 얻으려고 수단과 방법을 가리지 않는다. 하지만 주인공들은 설사 그러한 것들을 얻었더라도 결과적으로 그것들을 상실하거나 추구하는 과정 중에 생각지도 못한 다른 소중한 대상을 잃게 된다. 이러한 비극적 상실감은 미국의 1920~1930년대라는 격동의 시기에 구현되고 스러져 간 무수히 많은 '아메리칸 드림'을 연상시킨다. 어떤 형태로든 자신의 욕망에 충실하고, 인생을 여한 없이 살아나가려고 고군분투해 보지만 애초부터 인생은 '지는 싸움'이었다. 결국 그들에게 돌아오는 것은 깊은 상실감이었기에 피츠제럴드 소설 속 주인공들은 누구나가 예외 없이 퍽 센티멘털하다. 그리고 우리는 소설 속 등장인물들의 그러한 예민한 감수성에 공감하고 그 복잡한 감정을 자연스럽게 이해하게 된다.

다섯 편의 단편 소설들은 공통된 아우라를 가지면서도 동시에 저마다 다른 매력을 지니고 있다. 우선 「다시 찾아온 바빌론」은 '피츠제럴드의 독자들이 가장 높게 평가하는 단편 소설'이라고 알려진 작품이다. 도스토예프스키와 더불어 스콧 피츠제럴드를 가장 존경하고 좋아하는 작가로 꼽는 소설가 무라카미 하루키도 이 작품을 피츠제럴드의 단편 소설 중 최고의 걸작으로 꼽고 있다. 「다시 찾아온 바빌론」의 주인공 찰스 웨일스는 1929년에 주식 시장이 폭락하기 전까지만 해도 아내와 함께 고대 바빌로니아의 수도 '바빌론'처럼 화려했던 파리에 살면서 호사스러운 일상을 누렸다. 그러나 주가 폭락으로 모든 것을 잃고 스스로도 알코올 중독자가 되어 망가지고 만다. 각고의 노력 끝에 그는 동유럽에서 새롭게 기반을 다지고 자신이 과거에 상실한 것들 중의 일부라도 되찾기 위해 용기를 내서 다시 '바빌론'이었던 파리로 돌아와 보지만, 과거의 망령들은 그를 놓아주지 않고 옭아매기만 한다. 인생에서 한번 잃어버린 소중한 것들은 (왜 당시에는 그 소중함을 몰랐을까?) 결코 제자리로 돌아올 수 없다는 삶의 슬픈 교훈을 우리는 찰스를 통해 통감한다. 하물며 그러한 깨달음을 얻었을 때에는 이미, 이 작품 마지막 장면에 나오는 찰스의 독백처럼 "이제 혼자서 그렇게 많은 멋진 생각과 꿈을 가질 수 있는 젊은이"도 아닌 것이다.

「'분별 있는 일'」의 주인공 조지 오켈리는 눈으로는 보이지도, 만질 수도 없지만 느낌으로만 알 수 있는 어떤 감각 혹은 감정을 장렬하게 상실한다. 조지 오켈리는 아름다운 여성, 존퀼 태리와의 결혼을 갈망하지만 자신의 불안정한 경제력으로 청혼에 실패한다. 그녀를 가지고 말겠다는 집념 하나로 그는 죽을 고비를 넘기며 그토록 원하던 경제적 성공을 이뤄 내지만 마침내 존퀼에게 찾아가는 동안 무엇인가가 미묘하게 뒤틀려 있음을 직감적으로 느낀다. 존퀼의 집으로 찾아가 이제야 당당하게 청혼할 수 있게 되었는데, 막상 그녀의 입술에 키스하면서 조지 오켈리는 더 이상 "아무리 영원히 찾아 헤매더라도 잃어버린 지난 4월의 시간은 절대로 되찾을 수 없다."라는 사실을 깨닫는다. 두 번 다시 '그 시절'에 느꼈던 순정과 갈망은 돌아오지 않는다는 것을 알았을 때 조지 오켈리가 느꼈을 먹먹함이 행간으로 전해져 왔다. 인간이 같은 강물에 다시 발을 담글 수 없다는 사실은, 얼마나 잔인하도록 슬픈가. 이미 많은 것들이 시간의 흐름 속에서 절로 변해 가고 마는 것이다. 그러한 아이러니를 품고 인생은 또 흘러간다.

「기나긴 외출」의 킹 부인은 남편의 갑작스러운 죽음이라는 아주 큰 상실을 경험하지만 끝까지 꿈을 포기하지 않는다.

조현병 증세를 보여 요양원에서 치료를 받던 킹 부인은 마침내 다시 세상으로 나가 일상생활을 할 수 있을 정도로 상태가 호전되었다. 정식으로 요양원에서 퇴원하기 전, 의사들의 허락 아래 남편과 함께 해변으로 여행을 떠나려던 날 아침, 남편은 자동차를 몰고 아내를 데리러 오던 도중에 불의의 교통사고로 사망한다. 그 비극적인 소식을 듣고 겨우 호전된 킹 부인의 정신 상태가 급격히 악화될 것을 우려한 의사들은 당분간 킹 부인에게 사실을 숨긴다. 킹 부인은 "남편이 늦어지네요. 물론 실망스럽지만 내일 온다고 하네요. 이렇게 오랫동안 기다려 왔는데 하루쯤 더 기다린다고 무슨 대수겠어요."라며 그날로부터 매일 아침만 되면 곱게 단장을 하고 요양원 현관문 앞으로 내려와 자신을 데리러 올 남편을 희망차게 기다린다. 이윽고 이를 수수방관할 수 없었던 의사들이 킹 부인에게 남편의 사망 소식을 알려 주지만, 그 후에 킹 부인이 보여 준 뜻밖의 행동 때문에 나는 전율할 수밖에 없었다. 복잡한 슬픔을 표현하는 그녀만의 방식은 우아하기까지 했다.

한편, 피츠제럴드의 단편 소설들 중에서 「다시 찾아온 바빌론」만큼이나 유명한 단편 소설 「리츠 호텔만 한 다이아몬드」는 앞선 세 편의 작품과는 조금 다른 결의 상실을 다룬다. 전자들이 사랑이나 젊음, 어떤 한 시절의 찬란함이라는 감정적 요소를 상실한 데에 반해 「리츠 호텔만 한 다이아몬드」의 등장인물들이 하루아침에 상실하는 것은 초현실적일 정도로 어마어마한 부(wealth)다. 피츠제럴드는 이 단편 소설을 통해 부자의 경박함과 부도덕성, 미국인이 지닌 부에 대한 환상과 그것의 허망함을 다루는데, 기존의 리얼리즘적 화법을 넘어 마치 시대를 초월하는 한 편의 판타지 소설을 접한 듯한 느낌이었다. 1920년대에 이런 분위기의 소설이 쓰일 수 있었다는 것이 믿기지 않을 정도로 이야기는 자유로운 상상력으로 가득하다. 피츠제럴드는 이 단편에 대해 "내가 재미있으려고 만들어 낸 소설이다. 나는 완전한 호사스러움을 열망했고, 이 이야기는 그 열망을 채워 보려는 시도였다."라고 언급했는데, 그 시도는 가히 성공한 것처럼 보인다.

마지막으로 「해외여행」은 내가 읽어 본 중 가장 낭만적이고 아련한 기운을 품은 피츠제럴드의 작품이었다. 단편 소설 「해외여행」은 이후에 장편 소설 『밤은 부드러워』로 발전되어 새로 쓰이기도 했다. 이 작품에선 서로를 무척 사랑하는 젊은 미국인 부부가 등장하여 유럽의 여러 나라를 여행 다니는데, 그때 벌어지는 이야기가 물 흐르듯 펼쳐진다. 1920년대 미국에는 외국에서의 생활이 더 풍요롭다는 환상이 만연해 있었는데, 정작 피츠제럴드가 그의 작품 속에서 그려 낸 미국인의 모습은 배타적인 유럽에서 정처 없이 떠도는 고독한 존재 그 자체였다. 이 단편 소설은 유럽에서 마치 '추방자'처럼 살았던 그 자신과 젤다의 실제 경험을 다룬 이야기이기도 하다. 잔잔하면서도 세련된 문체의 「해외여행」을 읽다 보면 피츠제럴드의 문체에는 그만의 독특한 리듬이 흐르고 있음을 알게 된다. 게다가 그것은 뛰어난 음악을 연상하게 하는 아름다운 리듬이다. 동시대 다른 작가들의 문체가 무겁고 진지했다면, 스콧 피츠제럴드의 문체는 간결하면서도 결과 질감이 세심하게 살아 숨 쉰다.

스콧 피츠제럴드의 작품에서는 어딘가 향이 좋은 고급술의 냄새가 난다. 그의 소설을 읽고 있으면 천천히 조금씩 술에 취하는 것만 같다. 혹은 술에 흠뻑 취해 까무룩 잠이 들었다가 깨어나서 느끼는 취기의 여운 같기도 하다. 그것은 아마도 소설의 주인공들이 미처 철들지 않은 소년과 소녀처럼, 어쩌면 이글이글하게 타오르는 야심가들처럼, 각자의 꿈과 아름다움을 열망하고 추구하는 이상주의와 낭만 그리고 열정을 가지고 있기 때문이리라. 피츠제럴드의 주인공들에게 환상과 꿈은 그들을 고통스럽고 비루한 삶에서 구원해 주는 유일한 희망이었다. 만약 그들에게 이러한 환상과 꿈이 없었다면, 그들이 살아가고 버텨 내야 할 세상은 너무나 황량했을 것이다.

다행히 야심만만하던 젊은이들은 그들이 꿈꾸어 왔던 일을 성취하고 인생에서 누릴 수 있는 즐거움의 극치를 맛보기도 했다. 하지만 피츠제럴드의 인생, 그리고 그의 소설 속 주요 무대는 1929년 대공황을 전후로 낀 1920년대와 1930년대의 미국이었기에 그 드라마틱한 롤러코스터와 같은 인생은 허구만이 아닌 현실에서도 실제로 벌어진 일들이었다. 실제로 존재하는 사람들과 소설 속 주인공들은 원하던 바를 이루고, 성공을 하고서는 손에 넣었던 것들을 끝내 상실하고 스스로도 훼손된다. 마치 그것이 인생의 당연한 수순인 것처럼.

낭만주의는 실패하고 상처를 입고 그들은 자신의 꿈, 동경했던 아름다움에 대해 실망하고 환멸을 느낀다. 그러는 가운데 주인공들은 점차 주어진 상황을 받아들이고 현실적이고 체념하는 어른으로 변해 간다. 이상주의의 소멸, 혹은 낭만주의와 현실주의 사이의 갈등 — 이것이 우리 인생의 핵심이 아니라면 도대체 무엇이 핵심이라는 말인가? 피츠제럴드의 이러한 주제 의식은 자연스럽게 동시대 독자들의 욕망과 불안을 반영했기에, 그들의 마음을 사로잡을 수밖에 없었다.

그가 이토록 생생한 작품들로 독자를 매료시킬 수 있었던 것은, 소설을 통해서 그려 낸 이상과 현실, 꿈과 환멸, 성공과 좌절…… 이 모든 것이 스콧 피츠제럴드 자신이 실제로 살아 낸 현실이었기 때문이다. 피츠제럴드는 문단에 등장하자마자 인기와 명성을 얻으며 화려한 성공을 거뒀고 최고의 인기 작가로 자리 잡는다. 더불어 사교계에서 가장 매력적인 커플이 되는 데에는 그의 아내, 마성적인 젤다의 영향력이 컸다. 젤다는 눈에 띄는 미인은 아니었지만 타고난 활력으로 주변 사람들을 자석처럼 끌어당기는 힘을 지니고 있었다. 결국 젤다의 분에 넘치는 사치와 신경 쇠약에 따른 잦은 정신 병원 입원으로 피츠제럴드 부부는 경제적으로 궁핍한 상태에 이르고 만다.

입원으로 인한 아내 젤다의 부재는 스콧 피츠제럴드의 글쓰기에도 뜻하지 않게 악영향을 끼친다. 스콧은 본질적으로 젤다라는 뜨거운 영감의 원천을 늘 필요로 했다. 그는 재료가 없으면 글을 쓰지 못하는 사람이었다. 재료를 구하고 스스로 연출해서, 그것을 실행한 다음에 비로소 소설을 쓰는 작가였다. 다시 말해 자신이 체험한 것이나 목격한 사건을 바탕으로 이야기를 만들어 가는 종류의 작가였던 것이다. 자신에게 일어난 일을 토대로 글을 쓰는 것은 당시의 작가들에겐 흔히 있

열일곱 살의 젤다 피츠제럴드

는, 당연한 일이기도 했다. 문장력도 좋고, 캐릭터 설정도 좋지만 기폭제가 될 만한 현실의 사건이 없으면 소설을 쓸 수 없었던 피츠제럴드에겐 일상의 모험을 함께 헤쳐 나갈 젤다가 절실히 필요했다. 그런 의미에서 스콧과 젤다 커플은 '영혼의 파트너'라고 할 수도 있겠지만 두 사람 각자가 지닌 열정의 온도는 상식의 범위를 넘어설 만큼 강렬했기 때문에, 오랜 시간에 걸쳐 균형을 잡고 서로를 지탱하는 건 아무래도 불가능했다. 한편 두 사람은 '생활의 파트너'가 되기에는 부족한 게 훨씬 많았다. 부부 중 어느 쪽도 인생을 건실하게 살아 나가는데 필요한 생활력을 결정적으로 결여하고 있었고, 서로의 결점을 어떻게든 채우려 하는 의식조차 없었다. 설령 의식이 있었더라도 그것을 행동으로 옮길 수 있는 인내심이 치명적으로 부족했다. 말 그대로 스콧과 젤다 커플은 대책 없이, 불길로 날아드는 부나비와 같은 인생을 살아 냈다.

가령 끝없는 이사는 피츠제럴드 부부에게는 숙명 같은 것이었다. 그들은 한 곳에 제대로 정착을 하지 못했다. 덕분에 피츠제럴드는 살면서 단 한 번도 집을 소유한 적이 없었다. 항상 집을 빌려 살았고, 재산을 모으는 일도 없었다. 주거 환경이며 재정 상황에 있어서 결코 '안정'을 얻을 수 없는 인생이었다. 스콧 자신은 점차 알코올 중독에 빠져들었고 젤다의 신경 쇠약과 광기는 악화되었다. 스콧은 외동딸 스코티의 양육이라는 무거운 짐을 혼자 짊어지고 만성적인 경제적 압박에 괴로워하면서도 소설을 계속 써 나갔다. 하지만 당대의 비평가들은 스콧 피츠제럴드가 사회적으로 중요한 문제를 도외시한다며 그의 작품들을 경박하다고 비판하기도 했다. 스콧 자신도 죽기 직전까지 "(당시에 함께 한 시대를 풍미한)어니스트 헤밍웨이야말로 현대 문학의 거성이고 자신은 그에 비하면 테크닉만 익힌 문학적 창녀에 지나지 않는다."라며 패배주의적 심경을 내비치기도 했다. 어쩌면 이런 자학은 어쩔 수 없는 것이었을지도 모른다. 1930년대 후반에 『위대한 개츠비』가 일시적으로 절판되어 그의 한 해 인세 수입은 고작 33달러에 불과했다. 반면 어니스트 헤밍웨이는 젊은이들의 숭배를 한 몸에 받으며 전 세계적으로 압도적인 명성을 쌓아 나가고 있었다. 그리고 1940년, 스콧 피츠제럴드는 심장 마비에 걸려 고작 마흔넷의 젊은 나이로 세상을 떠난다. 일장춘몽 같은, 한 천재 작가의 드라마처럼 치열했던 인생이 그렇게 허무하게 막을 내리고 만 것이다.

'작품보다도 사생활이 더 화제가 되는 작가는 불행하다.'라는 말이 있다. 이것은 파란만장한 사생활에 시달렸던 스콧 피츠제럴드의 운명을 제대로 설명하는 한마디일 수도 있겠지만, 나는 그의 인생이 결코 불행하기만 했다고 생각되지는 않는다. 행여 객관적으로 불행해 보이더라도 그 모든 불운마저 스콧에게는 작품의 연료가 되어 줬을 테니까. 작가란 모름지기 그 모든 것을 끌어안아 글로 빚어낼 수 있는 능력을 갖고 있는 한, 행복하고 충족된 존재다. 지금 이 책을 통해 가장 매력적이고 '스콧 피츠제럴드다운' 단편 소설들을 읽게 될 우리들처럼.

일러두기

「리츠 호텔만 한 다이아몬드」, 「해외여행」은 한은경, 「'분별 있는 일'」, 「기나긴 외출」, 「다시 찾아온 바빌론」은 김욱동이 각각 우리말로 옮겼다.

차례

리츠 호텔만 한 다이아몬드

1

존 T. 웅거는 미시시피 강변의 소읍 헤이즈에서 여러 세대에 걸쳐 유명한 가문 출신이었다. 그의 아버지는 경쟁이 극심한 여러 아마추어 골프 대회에서 우승을 거두었고, 웅거 부인은 정치 연설 때문에 그 지역 표현으로 '뜨거운 상자에서 뜨거운 침대로'라는 별명으로 알려져 있었다. 막 열여섯 살이 된 존 T. 웅거는 긴 바지를 입을 나이가 되기도 전에 뉴욕에서 건너온 최신 춤을 다 출 줄 알았다. 이제 그는 얼마 동안 집을 떠날 예정이었다. 지방의 유망한 청년들을 모두 뺏어 가서 결국 지방 사람들을 파멸로 몰아가기 마련인 뉴잉글랜드 교육에 대한 경외감이 그의 부모에게도 엄습했던 것이다. 보스턴 근교의 세인트 마이더스 학교에 아들을 입학시키는 것보다 더 적절한 대안은 없어 보였다. 유능하고 소중한 아들을 담기에 헤이즈는 그릇이 너무 작았다.

그 동네에 가 본 적이 있다면 알겠지만, 헤이즈에서는 인기 있는 예비 학교나 대학의 간판이 그다지 중요하지 않았다. 주민들은 옷차림이나 예의범절, 독서 등은 늘 세상과 보조를 맞추면서도 다른 면에서는 세상과 동떨어져 살아왔다. 그래서 주로 소문에 의지해 왔고, 헤이즈에서는 화려하다고 여겨지는 일들이 시카고의 소고기 재벌가 딸들에게는 '아마도 조금은 초라하다.'라고 여겨지는 판이었다.

존 T. 웅거가 떠나기 전날 밤 웅거 부인은 아둔한 모성애를 발휘해서 아들의 여행 가방에 리넨 양복들과 선풍기를 쑤셔 넣었고, 웅거 씨는 돈이 가득 든 석면 지갑을 주었다.

"우린 언제나 너를 환영한다는 걸 잊지 말아라. 난로를 늘 켜 두마." 아버지가 말했다.

"알아요." 존이 쉰 목소리로 대답했다.

"네가 누구인지, 네 출신이 어딘지 잊지 말거라. 널 해치는 일은 없을 거다. 넌 웅거 사람이고, 헤이즈 출신이야." 아버지가 자랑스럽게 말했다.

중년 신사와 소년은 악수를 나눴고 존은 눈물을 흘리며 집을 나섰다. 십 분 후에 그는 도시 경계선을 넘으면서 마지막으로 뒤를 돌아보았다. 경계선 문 위에 걸린 빅토리아풍의 구식 표지판이 묘하게도 매력적이었다. 아버지는 표지판의 문구를 좀 더 기백과 진취성이 넘치는 내용으로 바꿔 보려고 몇 번이나 애를 썼다. 예를 들면 진심 어린 악수를 나누는 모습을 그린 그림 위로 '헤이즈 — 당신의 기회'나 아니면 평범하게 '환영합니다.'라고 쓰고 거기에 전구를 달아 두드러지게 만들고 싶어 했다. 웅거 씨는 표지판의 낡은 모토가 다소 침울하다고 생각했다. 하지만 지금은…….

존은 다시 목적지를 향해 단호하게 얼굴을 돌렸다. 그가 몸을 돌릴 때 헤이즈의 불빛은 하늘을 배경으로 따뜻하고 열정적인 아름다움으로 가득한 것 같았다.

세인트 마이더스 학교는 롤스피어스 자동차로 보스턴에서 반 시간 거리였다. 실제 거리는 절대로 알려지지 않을 것이다. 존 T. 웅거를 제외하면 롤스피어스를 타고 거기에 간 사람은 아무도 없고, 앞으로도 그럴 것이기 때문이다. 세인트 마이더스는 전 세계에서 가장 비싸고 가장 배타적인 남자 예비 학교였다.

그곳에서 존은 처음 두 해를 즐겁게 보냈다. 모든 소년들의 아버지들은 왕족처럼 돈을 벌어들였고, 존은 고급스러운 휴양지에서 여름 방학을 보내곤 했다. 존은 자신을 초대한 소년들을 모두 좋아했지만, 그들의 아버지들이 모두 똑같아 보인다고 느꼈다. 그는 그들이 왜 지나치다 싶을 정도로 똑같은지, 소년다운 호기심을 느꼈다. 그가 고향이 어디라고 말하면 그들은 즐겁게 묻곤 했다. "거기 아래쪽은 꽤 뜨겁지?"

그러면 존은 간신히 얼굴에 미소를 띠고 "그럼요."라고 대답했다. 그들이 그런 농담을 하지만 않았어도 존은 훨씬 진심 어리게 대답했으리라. 그들이 다르게 물어봤자 "자네에게 거기 아래는 뜨겁지?" 정도였다. 그는 이것 역시 싫었다.

2학년 중반 무렵에 용모가 준수하고 과묵한 퍼시 워싱턴이라는 학생이 전학을 왔다. 이 전학생의 행동거지는 호감을 끌었고, 심지어 세인트 마이더스 내에서도 옷차림이 아주 뛰어났다. 그런데 어떤 이유에서인지 그는 다른 학생들과는 동떨어져 지냈다. 그는 존 T. 웅거하고만 친하게 지냈지만 심지어 존에게도 자기 집이나 가족에 대해서는 아무 말도 하지 않았다. 그가 부자라는 것은 굳이 말하지 않아도 다들 알았다. 그러나 몇 가지 추측을 제외하면 존은 이 친구에 대해 아는 바가 거의 없었다. 그래서 퍼시가 '서부'의 자기 집에서 여름을 보내자고 했을 때 존은 드디어 자기 호기심을 채울 수 있으리라 믿고 주저 없이 따라나섰다.

기차를 타고 나서야 퍼시는 처음으로 몇 마디 하기 시작했다. 한번은 식당칸에서 점심을 먹으면서 몇몇 남학생의 건전치 못한 성격에 대해 이야기하는데 퍼시가 갑자기 목소리를 바꾸고는 불쑥 말했다.

"우리 아버지는 이 세상에서 가장 부유하시지."

"아." 존이 예의 바르게 대답했다. 상대의 장담에 뭐라 달리 대꾸할 수가 없었다. '아주 근사하구나.'라는 말도 고려했지만 구차해 보였고, '정말?'이라고 물으려고 했으나 그건 퍼시의 말을 의심하는 셈이었다. 더욱이 이렇게 놀라운 단언에 새삼 질문할 수도 없는 노릇이었다.

"지금까지 가장 부유하시지." 퍼시가 다시 말했다.

존이 말했다. "『세계 연감』을 읽었는데, 미국에 연수입이 500만 달러가 넘는 사람은 한 명이고, 300만 달러가 넘는 사람은 네 명이고……."

퍼시가 냉소적으로 입꼬리를 올렸다. "아, 그건 아무것도 아니야. 당장 돈이나 벌려는 자본주의자나 재계의 피라미, 그것도 아니면 시시한 사채업자들이지. 우리 아버지는 그들의 재산을 모두 사고서도 당신이 그랬다는 걸 모를 수 있어."

"하지만 어떻게……."

"왜 아버지의 수입세를 기록하지 않느냐고? 그건 아버지가 세금을 내지 않으시니까. 낸다 해도 아주 조금만 내지. 하지만 진짜 수입에 대해서는 전혀 내지 않아."

"아주 부자시구나. 좋겠다. 나는 진짜 부자가 좋더라."

존이 열정과 솔직함이 담긴 표정으로 말을 이었다. "부자일수록 더 좋지. 지난 부활절 휴가 때 신리처 머피 집에 갔었어. 비비언 신리처 머피네 집에는 달걀만 한 루비가 있더라. 또 안에 전구가 들어 있는 공처럼 보이는 사파이어도……."

퍼시가 진심으로 동의했다. "난 보석이 좋아. 물론 학교에서는 누구에게도 알리고 싶지 않았지만 나도 소장품이 꽤 되지. 전에 우표 대신 보석을 모았거든."

존이 열심히 말을 이었다. "다이아몬드도 있었어. 신리처 머피네 집에는 호두만 한 다이아몬드가 있는데……."

퍼시가 몸을 앞으로 기울이더니 목소리를 낮춰서 속삭였다. "그건 아무것도 아니야. 정말 아무것도 아니지. 우리 아버지한테는 리츠칼튼 호텔보다 더 큰 다이아몬드가 있는걸."

2

몬태나의 태양이 두 산 사이로 지는 모습은 거대한 멍 자국 같았고, 거기에서 어두운 선들이 독약 같은 하늘로 퍼져 나갔다. 하늘에서 멀리 떨어진 곳에 피시 마을이 웅크리고 있었다. 작고 침울하고 잊힌 마을이었다. 피시에는 모두 열두 명이 산다고들 했다. 자신을 낳아 준 신비한 힘을 가진 헐벗은 바위에서 솟아 나오는 젖을 빨아먹고 자란 불가해하고 침울한 영혼들이다. 태초에 자연이 피시 주민을 낳았다가 변덕스럽게 그냥 절멸하게 내버려 둔 것처럼 그들은 이 세상과는 분리된 종족이었다.

멀리 검푸른 멍에서부터 길게 움직이는 불빛이 대지를 기어갈 때면 피시의 주민 열두 명은 초라한 정거장에 유령처럼 모여서 7시 시카고발 대륙 횡단 급행열차가 지나가는 것을 지켜보았다. 대륙 횡단 급행열차는 일 년에 여섯 번 정도 도저히 알 수 없는 권한으로 피시 마을에 정차했다. 그럴 때마다 기차에서 한두 명이 내려서 언제나 어둑한 황혼에서 튀어나온 마차를 타고 타박상을 입은 일몰을 향해 나갔다. 이렇게 무의미하고 엉뚱한 현상을 관찰하는 일은 피시 주민들에게 일종의 예식이 되었다. 그들로서는 기차를 바라보는 일이 전부였다. 그들은 궁금하다고 여기거나 추리할 정도의 상상력마저 전혀 갖고 있지 않았다. 만약 그랬다면 이 신비로운 방문을 둘러싸고 하나의 종교가 태어났을지도 모를 일이다. 그러나 피시 주민들은 모든 종교를 초월했다. 가장 적나라하고 야만적인 기독교 교리조차 이 헐벗은 바위에는 뿌리를 내리지 못할 터였다. 그러니 제단도, 사제도, 제사도 있을 리 만무했다. 그저 매일 저녁 7시면 허름한 정거장 옆에 회중이 조용히 모여서 침침하고 열기도 없는 호기심의 기도를 올릴 따름이었다.

그러던 6월 밤이었다. 그들이 굳이 무언가를 신격화했다면 천상의 주인으로 삼았을 '대(大)보조 차장'이 피시에 서는 7시 기차에서 인간(혹은 비인간)을 내려놓기로 결정했다. 7시 2분에 피시 워싱턴과 존 T. 웅거가 내려서 홀린 듯이 입을 헤벌리고 두려움에 떠는 피시 주민 열두 명의 시선을 지나 어딘가에서 홀연히 나타난 마차를 서둘러 타고 사라졌다.

삼십 분 후에 황혼이 어둠으로 변했고, 말없이 마차를 끌던 흑인이 어둑한 앞쪽에 서 있던 불투명한 물체에게 인사를 했다. 물체는 흑인의 인사에 대한 보답으로 빛나는 원반을 비추었는데, 그 원반은 측량할 수 없는 밤의 사악한 눈처럼 그들을 바라보았다. 마차가 그 원반에 다가간 후에야 존은 그것이 커다란 자동차의 미등인 것을 확인했는데, 그 자동차는 지금까지 본 그 어떤 차보다 크고 위엄이 넘쳤다. 주석보다 화려하고 은보다 가벼운 금속의 몸체가 반짝이고, 바퀴통에는 초록색과 노란색의 기하학적인 물체가 무지개처럼 박혔는데, 존은 그것이 유리인지 보석인지 감히 물어보질 못했다.

두 젊은이가 마차에서 내리자 런던의 왕실 행렬에서나 볼 수 있는 화려한 제복 차림에 차렷 자세로 차 옆에 서 있던 흑인 둘이 인사를 했다. 손님들은 도저히 이해할 수 없는 언어였지만, 남부 흑인의 극단적인 방언처럼 들렸다.

리무진의 검은 지붕 위로 여행 가방이 올려진 후에 퍼시가 친구에게 말했다. "타자. 마차로 여기까지 와서 미안해. 물론 기차 승객이나 신도 저버린 피시 사람들이 이 자동차를 봐 봤자 좋을 게 없겠지만."

"와! 대단한 차야!" 존은 차에 올라탄 후에 자기도 모르게 감탄사를 연발했다. 차 안은 황금색 천 바탕에 보석과 자수 장식이 된 미세하고 정교한 실크 태피스트리로 꾸며져 있었다. 둘은 비단실을 섞어 짠 모직물 같은 커버가 씐 호사스러운 두 개의 안락의자에 앉았는데, 수없이 많은 타조 깃털로 짠 것 같았다.

"정말 대단한 차야!" 존이 감탄해서 다시 외쳤다.

"이 차 말이야? 음, 그냥 가족용으로 사용하는 낡은 차인데." 퍼시가 웃었다.

그들은 어느새 어둠 속을 미끄러져 두 산 사이의 틈으로 향했다.

"한 시간 반이면 도착할 거야. 지금까지 본 그 무엇과도 다를 거라는 것만 알아 둬." 퍼시가 시계를 보며 말했다.

만약 이 자동차가 앞으로 보게 될 것을 상징한다면, 존은 놀랄 준비가 충분히 된 셈이었다. 헤이즈에서는 단순하고 경건한 첫 번째 신조로서 부를 진심으로 숭배하고 존중했다. 존이 부 앞에서 눈부셔하며 겸손한 자세를 취하지 않는다면 그의 부모는 그의 신성 모독에 고개를 돌렸으리라.

두 산 사이의 틈에 다다른 후에 길이 더욱 험해졌다.

"달이 이쪽을 비추면 우리가 커다란 협곡에 들어온 걸 볼 수 있을 텐데."

퍼시가 창밖을 내다보며 말했다. 그가 마이크에 대고 몇 마디 하자 시종이 얼른 탐조등을 켰고, 언덕은 커다란 불빛에 휩싸였다.

"돌이 많지? 보통 차라면 삼십 분 만에 산산조각이 났을 거야. 사실 길을 모른다면 탱크를 타고 돌아다녀야 할 거야. 이제 언덕으로 올라가는 건 알겠지?"

차는 언덕으로 올라가다가 몇 분 후에 높이 솟아오른 지점을 통과했다. 그때 막 떠오른 창백한 달의 모습이 멀리 힐끗 보였다. 차가 갑자기 멈추고 어둠 속에서 사람들이 나타났다. 역시 흑인들이었다. 두 젊은이는 조금 전처럼 알아듣기 힘든 방언으로 인사를 받았다. 그리고 흑인들이 일을 시작했고, 머리 위에 달린 커다란 전선 네 개가 보석 박힌 큰 바퀴통에 고리로 연결되었다. 존은 "헤이야!" 소리에 맞춰 차가 천천히 땅에서 들어 올려지는 것을 느꼈다. 차가 점차 올라가자 양쪽의 큰 돌들이 시야에서 사라졌고, 더 높이 올라가자 마침내 그들이 막 이륙한 바위 더미와는 대조적으로 달빛이 비치는 구불구불한 계곡이 펼쳐졌다. 한쪽 면으로만 여전히 바위가 보였고, 나머지 면에서는 갑자기 바위가 전부 사라졌다.

암석에서 칼날처럼 수직으로 뻗어 나간 면을 오른 것이 틀림없었다. 차는 곧 아래쪽으로 다시 내려가다가 가볍게 쿵 소리를 내며 부드러운 땅에 착지했다.

퍼시가 창밖으로 고개를 내밀었다. "최악의 상황은 끝났어. 여기서부터 8킬로미터만 가면 되는데, 이 길은 전부 태피스트리 벽돌로 포장되어 있어. 여긴 우리 땅이야. 여기에서 미국이 끝난다고 아버지가 말했어."

"그러면 캐나다야?"

"아니, 우리는 몬태나 주 로키 산맥 중간에 있어. 한 번도 측량된 적이 없는 8제곱킬로미터 안이지."

"어떻게? 사람들이 잊어버렸나?"

퍼시가 씩 웃었다. "아니. 세 번이나 시도가 있었지. 처음에는 할아버지가 국무 조사팀 전체에 뇌물을 먹였어. 두 번째는 미국 공식 지도를 훼손했어. 십오 년이 걸렸지. 마지막은 더 힘들었어. 아버지가 나침반을 초강력 인공 자기장에 걸려들게 했어. 약간씩 결함이 있는 측량 도구 일체를 만들어서 이 지역이 감지되지 않게 준비해 놓고는 실제로 사용될 도구와 바꿔치기했지. 그리고 강의 위치를 약간 빗나가게 해서 한 마을이 강둑에 세워진 것처럼 탐지되게 했어. 그래서 사람들은 계곡 위로 16킬로미터 정도 지나야 마을이 있다고 생각해. 아버지가 두려워하는 건 단 하나뿐이야. 우리를 찾아낼 수 있는 것이 이 세계에 딱 하나 있어."

"그게 뭔데?"

퍼시가 목소리를 낮추고 속삭였다.

"비행기야. 우리도 대공포를 여섯 대 정도 배치해 뒀지. 사상자가 몇 명 있었고 죄수도 아주 많아. 우리가, 그러니까 아버지와 내가 그 일에 신경을 쓰는 건 아니야. 그래도 어머니와 여동생들은 신경이 곤두서 있지, 우리가 제대로 대처하지 못할 수 있는 가능성은 늘 있으니까."

친칠라 털 조각 같은 구름들이 타타르 칸 앞에서 열병식을 벌이는 동방의 군대처럼 초록색 달을 지나쳐 갔다. 존은 대낮에 청년들이 하늘을 비행하면서 암석으로 둘러싸인 절망적인 소읍에 소책자와 특허약 전단을 뿌리면서 희망의 메시지를 전달하는 모습이 보이는 듯했다. 그 청년들이 구름 너머로 내려다보는 모습을 볼 수 있을 것만 같았다.(그의 목적지인 이곳에 내려다볼 만한 것이 있다면.) 그다음에는 어떤 일이 일어났을까? 여기 사람들이 심판의 날이 올 때까지 특허약과 소책자로부터 멀리 떨어져 있도록 비밀스러운 장치를 이용해 비행기를 땅으로 유도했을까? 혹시 비행기가 함정에 빠지지 않자 대공포에서 연기가 빠르게 솟아오르며 탄알이 날아가 비행기를 격추했던 걸까? 그래서 퍼시의 어머니와 여동생들이 '신경이 곤두서' 있던 것일까? 존은 고개를 설레설레 저었다. 그의 입술이 벌어지면서 공허한 웃음이 새어 나왔다. 여기에 얼마나 절망적인 계약이 숨겨져 있을까? 이 기이한 크로이소스[1]의 도덕적인 수단이란 과연 무엇이라는 말인가? 무시무시한 황금의 수수께끼는 무엇일까?

친칠라 털 같은 구름들이 지나가고 몬태나의 밤은 대낮처

1 기원전 6세기경 리디아 최후의 왕이자 엄청난 부호.

럼 환해졌다. 커다란 타이어는 태피스트리 벽돌 길을 고요한 달빛 호수를 스치듯 부드럽게 굴러갔다. 서늘하고 뾰족한 소나무 숲을 통과할 때 잠시 어둠이 찾아왔다가 곧 넓은 잔디밭 도로가 나왔고, 퍼시가 과묵하게 "집이야."라고 말했다. 존은 기뻐서 환성을 질렀다.

별빛을 담뿍 받으며 호수가 끝나는 곳에서 절묘한 성 한 채가 솟아올랐다. 대리석 성의 광채는 인접한 산의 절반 높이까지 이르렀다가 칠흑처럼 어두운 소나무 숲으로 우아하게 녹아내리면서 완벽한 균형을 이루었고 반투명하며 여성스러운 나태함을 드러냈다. 여러 탑과 경사진 첨탑들, 가느다란 장식창, 직사각형과 팔각형, 삼각형의 황금 불빛을 내뿜는 천 개의 노란 창문이 만들어 내는 정제된 경이로움, 별빛과 푸른 그늘이 겹치면서 생긴 조각 난 부드러움 등이 음악의 화음처럼 존의 영혼을 울렸다. 가장 높고 바닥이 가장 검은 탑은 정상 바깥쪽의 불빛 때문에 떠다니는 요정 나라 같았다. 존이 따뜻한 기분에 위를 응시하자 지금까지 들어 본 그 어떤 소리와도 다른 바이올린 소리가 로코코 화음으로 어렴풋이 흘러내렸다. 각양각색의 꽃향기로 밤공기가 향기로운 가운데, 자동차가 폭이 넓고 높다란 대리석 계단 앞에 멈추어 섰다. 계단 꼭대기에서 두 개의 문이 조용히 열리고 호박색 불빛이 어둠 속으로 쏟아져 나오면서 검은 머리를 높이 틀어 올린 아름다운 숙녀의 실루엣이 드러나더니 그녀가 그들을 향해 두 팔을 벌렸다.

퍼시가 말했다. "어머니, 제 친구 존 웅거입니다. 헤이즈 출신이죠."

후에 존은 그 첫날 밤을 수많은 색, 빠르고 감각적인 인상, 사랑에 빠진 목소리처럼 부드러운 음악, 아름다운 사물과 불빛과 그림자, 움직임, 얼굴들의 현혹으로 기억했다. 황금 받침대 위의 수정 술잔에 담긴 여러 색깔의 술을 마시는 백발의 한 남자가 있었다. 얼굴이 꽃 같고 티타니아처럼 옷을 입고 사파이어로 머리를 땋은 소녀도 있었다. 단단하지만 부드럽고, 손을 대면 쑥 들어가는 황금 벽으로 된 방도 있었다. 플라톤이 말하던 궁극적인 프리즘[2] 같은 방에는 천장과 마루를 비롯해서 구석구석에 온갖 크기와 모양의 다이아몬드 덩어리가 박혀 있었다. 방은 구석에 서 있는 키 큰 자주색 램프들의 빛을 받아 백색으로 사람들의 눈을 현혹시켰다. 인간의 바람이나 꿈을 초월해서, 그 자체를 제외하고는 어떤 것과도 비교할 수 없는 백색이었다.

두 소년은 미로 같은 방들을 돌아다녔다. 발밑의 마루는 그 아래의 조명을 받아 야만적으로 충돌하는 색들, 섬세한 파스텔, 순전한 백색, 아드리아 해안의 이슬람 사원에서 따온 것이 분명한 미묘하고 복잡한 모자이크 등 화려한 패턴을 그리며 번쩍였다. 두꺼운 수정층 아래로 질푸른 물이 소용돌이치고 물고기와 무지개 빛 식물이 자라났다. 온갖 재질과 색채의 모피를 밟기도 하고, 인간이 생기기도 전에 멸종한 공룡의 거대한 엄니를 완벽하게 떼어 낸 것처럼 온전한 형태의 옅은 상아로 이루어진 복도를 따라 걷기도 했다…….

어렴풋이 배경이 바뀌는 것 같더니 어느덧 저녁 식사를 하게 되었다. 미세한 다이아몬드 판 두 개를 이어 만든 접시가 나왔는데, 두 판 사이에 신기할 정도로 가느다란 에메랄드 도

2 피츠제럴드는 『재즈 시대의 이야기』 소장본에서 'prison'을 'prisym'으로 수정했다.

안이 초록빛 공기에서 대패질한 것처럼 세공되어 있었다. 구슬프지만 방해가 될 정도는 아닌 음악 소리가 먼 복도에서 흘러나왔다. 존이 포트와인 첫 잔을 마실 때 등 뒤로 살짝 곡선이 지고 깃털이 달린 의자가 그를 압도하고 삼킬 것 같았다. 그는 누군가가 던진 질문에 졸음을 참고 대답하려 했지만, 그의 몸에 달라붙은 꿀 같은 호사스러움에 잠의 환각이 더욱 커져 가고, 눈앞에서 보석과 직물, 포도주, 금속이 달콤한 안개처럼 희미해졌다…….

그는 예의 바르게 대답하려 했다. "예, 거기 아래는 분명히 저에게 뜨겁습니다."

대강 웃어 보이기까지 했다. 그러고는 움직이지도, 저항하지도 않고 둥둥 떠다니다가 꿈처럼 핑크빛 얼린 디저트를 남겨 두고…… 잠이 들었다.

잠에서 깨어 보니 어느덧 몇 시간이 흐른 뒤였다. 흑단 벽에, 빛이라고 부르기에는 너무 희미하고 섬세한 조명이 비추는, 크고 조용한 방 안이었다. 젊은 집주인이 그를 내려다보았다.

"너, 저녁 먹다가 자더라. 나도 그럴 뻔했지. 학교에서 한 해를 보내고 다시 안락해지고 보니 정말 끝내주더라고. 네가 잠들었을 때 하인들이 네 옷을 벗기고 목욕도 시켜 주었어."

존이 한숨을 내쉬었다. "이건 침대야, 아니면 구름이야? 퍼시, 네가 나가기 전에 사과하고 싶어."

"왜?"

"네가 리츠칼튼 호텔만 한 다이아몬드가 있다고 말했을 때 의심했던 거."

퍼시가 미소 지었다.

"네가 날 믿지 않을 거라고 생각했지. 너도 알겠지만 바로 저 산이야."

"무슨 산?"

"이 성의 바닥에 있는 산. 산치고는 그다지 큰 게 아니지만, 정상의 450센티미터의 자갈과 잔디를 제외하면 완전한 다이아몬드야. 1.6제곱킬로미터의 결점이 전혀 없는 다이아몬드 한 개지. 내 말 듣는 거야? 말 좀 해 봐……."

존 T. 웅거는 또다시 잠들었다.

3

아침이었다. 그는 졸린 눈을 비비다가 바로 그 순간에 방 안에 햇빛이 가득하다는 사실을 깨달았다. 벽 한쪽의 흑단 판이 옆으로 열리면서 바깥 길로 이어졌고, 반쯤 열린 방 앞은 어느새 환한 대낮이었다. 하얀 제복을 입은 거구의 흑인이 침대 옆에 서 있었다.

"굿 이브닝." 존이 야생의 세계에 나가 있던 정신을 끌어모으며 중얼댔다.

"좋은 아침입니다, 도련님. 목욕할 준비가 되셨나요, 도련님? 아, 일어나지 마십시오. 잠옷 단추만 풀어 주시면 제가 직접 욕조로 인도하겠습니다. 예, 고맙습니다, 도련님."

존은 잠옷이 벗겨지는 동안 가만히 누워 있었다. 그는 시중들어 주는 이 흑인 가르강튀아[3]가 자기를 아기처럼 들어 올

3 프랑스 작가 라블레의 소설 『가르강튀아와 팡타그루엘』의 거인 왕.

릴 거라고 신나고 즐거운 마음으로 기대했다. 그러나 그런 일은 없었다. 대신 침대가 서서히 옆으로 기울기 시작했다. 그는 몸이 벽 쪽으로 구르자 처음에는 놀랐지만, 몸이 벽에 다다르자 휘장이 옆으로 물러나고 벽이 2미터쯤 폭신하게 기울어지더니 물속으로 살포시 빠져들었다. 물은 체온과 같은 온도였다.

그는 사방을 둘러보았다. 조금 전에 내려온 경사로인지 미끄럼틀인지가 원래대로 다시 접혔다. 그는 그새 다른 방으로 내던져져 마룻바닥과 같은 높이로 움푹 파인 욕조에 머리를 기대고 앉아 있었다. 사방 벽이며 욕조 옆과 바닥 모두 파란 남옥이었고, 그가 앉아 있는 수정 바닥 아래 호박색 불빛 사이로 물고기들이 헤엄쳤다. 물고기들은 아무런 호기심도 없이 그의 쭉 뻗은 발가락 아래를 지나갔다. 물고기와 그 사이에는 수정판이 놓여 있고, 위에서는 청록색 유리를 뚫고 햇빛이 쏟아졌다.

"오늘 아침은 따뜻한 장미수로 비누 거품욕을 하신 뒤에 소금 냉수로 마치시는 것이 마음에 드시지 않을까 싶습니다, 도련님."

옆에 서 있던 흑인이 말했다.

"그러지, 좋을 대로."

존이 바보처럼 미소 지으며 동의했다. 자신의 미천한 생활 수준대로 목욕 방법을 지시했다가는 성미가 고약하고 아주 불쾌한 사람처럼 보일 것 같았다.

흑인이 단추를 누르자 따뜻한 비가 내리기 시작했다. 머리 위에서 내리는 것 같았지만, 존은 얼마 후에 옆의 분수에서 물이 나오는 것을 알아챘다. 물은 연한 장밋빛으로 변했고 욕조 모퉁이에 설치된 네 개의 모형 물개 머리에서 액체 비누가 뿜어 나왔다. 곧 옆면에 고정된 열두 개의 작은 외바퀴가 비눗물을 섞어 분홍색 거품 무지개를 만들었고, 반짝이며 사방에서 터져 나오는 장밋빛 거품들은 가볍고 향긋하게 그를 살짝 감싸 안았다.

흑인이 정중하게 물었다. "영사기를 틀까요, 도련님? 오늘 아주 좋은 코미디 프로가 하나 있습니다. 진지한 영화를 선호하신다면 당장 대령하지요."

"아니, 됐네." 존은 예의를 지키면서도 단호하게 말했다. 목욕이 너무나 즐거워서 다른 오락 따위는 필요 없었다. 오락거리가 찾아오긴 왔다. 그는 곧 밖에서 들리는 플루트 소리에 귀 기울이게 됐다. 플루트는 이 방의 서늘한 초록색 폭포수처럼 선율을 떨어트렸고, 뒤이어 거품 가득한 피콜로 소리가 주위를 감싸면서 그를 매료시킨 레이스 거품보다 더 야들야들한 소리로 따라왔다.

차가운 소금 냉수로 목욕을 마친 후에 욕조에서 나와 폭신한 가운으로 갈아입고 가운과 같은 재질의 소파에 앉자마자 오일, 알코올, 향료 마사지가 이어졌다. 후에 그는 관능적인 느낌을 주는 의자에 앉아 면도와 머리 손질을 받았다.

목욕이 모두 끝나자 흑인이 말했다. "퍼시 도련님이 웅거 도련님의 거실에서 기다리고 계십니다. 저는 긱섬이라고 합니다, 웅거 도련님. 아침마다 도련님의 시중을 들도록 하겠습니다."

존이 환하게 햇볕이 드는 자기 거실로 들어서자 그와 퍼시를 위해 아침 식사가 마련되어 있었다. 퍼시는 하얀 새끼 염소 가죽 반바지 차림으로 안락의자에 앉아 담배를 피웠다.

4

퍼시는 아침 식사를 하면서 워싱턴 가문에 대해 들려주었다.

워싱턴 씨의 아버지는 버지니아 출신으로, 조지 워싱턴과 볼티모어 경의 직계 후손이었다. 남북 전쟁이 끝날 무렵 스물다섯 살의 대령이었던 그가 가진 거라고는 보잘것없는 농장과 금화 1000달러가 전부였다.

젊은 대령 피츠 노먼 컬페퍼 워싱턴은 버지니아 토지를 남동생에게 넘겨주고 서부로 가야겠다고 결심했다. 그는 자신을 숭배하던 신실한 흑인 스물네 명을 고르고 서부행 표 스물다섯 장을 샀다. 서부에서 그들의 이름으로 땅을 얻어서 소와 양을 키우는 목장을 열 생각이었다.

몬태나에 도착해서 채 한 달이 되기도 전, 상황이 점차 나빠지는 가운데 뜻밖에도 그는 엄청난 것을 발견하게 되었다. 말을 타고 언덕을 지나다가 길을 잃고 하루 종일 아무것도 먹지 못해서 몹시 허기가 졌다. 총도 없이 다람쥐를 마냥 쫓아가다가 다람쥐가 반짝이는 것을 물고 있는 것을 보았다. 다람쥐는 물고 있던 것을 떨어트리고 굴 속으로 사라졌다.(이 다람쥐로 허기를 달래는 것이 신의 섭리는 아니었다.) 피츠 노먼은 땅바닥에 주저앉아 어찌할까 고민하다가 우연히 풀밭에서 반짝이는 물체를 발견했다. 십 초 후에 그는 완전히 식욕을 잃는 대신 10만 달러를 얻었다. 먹이가 되기를 끈질기게 거부하던 다람쥐가 크고 완전한 다이아몬드를 선물로 안겨 준 셈이었다.

그날 밤늦게 그는 막사를 찾아갔고, 열두 시간 후에 흑인 남자 모두 다시 다람쥐 굴 옆에 모여서 열심히 산을 파헤쳤다.

그는 모조 다이아몬드 광산을 발견했다고 해 두었다. 조그만 다이아몬드라도 봤던 사람이 한두 명에 불과했기 때문에 다들 그의 말을 믿어 주었다. 엄청난 발견이 확인되면서 그는 진퇴양난의 상황에 빠졌다. 산 전체가 하나의 다이아몬드였던 것이다. 문자 그대로 다이아몬드 한 덩어리였다. 그는 말안장 자루 네 개에 반짝이는 견본을 가득 채워 넣고 세인트폴로 출발했다. 거기에서 여섯 개 정도의 작은 원석을 처분하고, 좀 더 큰 원석을 보여 주자 금은방 주인 한 명이 기절했고 그는 공공질서 위반자로 체포되었다. 그는 탈옥해서 뉴욕행 기차에 올랐다. 뉴욕에서 중간 크기의 다이아몬드 몇 개를 팔고 금화 20만 달러를 받았다. 특별한 보석은 감히 꺼내 보지도 못했고, 사실 뉴욕도 간신히 제때 떠날 수 있었다. 다이아몬드의 크기보다는 미지의 장소에서 보석이 출몰했다는 점 때문에 보석계에서 대단한 반향이 일어났다. 다이아몬드 광산이 캣스킬스에서, 저지 해변에서, 롱아일랜드에서, 워싱턴 광장 아래에서 발견되었다는 소문이 돌았다. 곡괭이와 삽을 든 사람들을 태운 유람 열차가 인근의 여러 엘도라도를 찾아 매시간 뉴욕에서 출발했다. 그러나 그때쯤에 젊은 피츠 노먼은 이미 몬태나로 돌아가는 중이었다.

보름 후에 그는 산의 다이아몬드가 지구상에 존재한다고 알려진 나머지 다이아몬드를 모두 합친 것과 같은 양이라고 추측했다. 그러나 산의 다이아몬드는 한 덩어리였기 때문에 기존 계산법으로는 가치를 평가할 수 없었다. 더욱이 팔겠다고 내놓았다가는 다이아몬드 시세가 바닥을 칠 터였다. 일반 수열에서 가치가 크기에 비례한다면 이 세상에는 그 10분의 1을 살 정도의 금도 없을 것이다. 그러니 그만한 크기의 다이아몬드로 도대체 뭘 한단 말인가?

기막힌 진퇴양난이었다. 그는 어떤 의미에서 이 세상에서 가장 부자였다. 그렇다고 그 가치를 어떤 식으로 보상받는단 말인가? 그의 비밀이 밝혀진다면 정부가 보석은 물론이고 금의 공황 상태를 막으려고 어떤 대책을 내놓을지도 알 수 없었다. 당장 소유권을 주장하고 독점을 부과할지도 모른다.

대안이 없었다. 비밀리에 산을 팔아야 했다. 그는 남부의 동생을 불러와서 자신의 유색 추종자들을 관리하게 했다. 노예 제도가 폐지되었다는 것도 모르는 흑인들이었다. 그는 포리스트 장군이 와해된 남부군을 다시 조직해서 정정당당하게 북부군을 무찔렀다는 내용의 발표문을 직접 작성해서 흑인들에게 읽어 주고 이 점을 재차 확인시켰다. 흑인들은 그의 말을 맹목적으로 믿었다. 그들은 그 상황을 받아들인다는 내용의 투표를 통과시키고 즉시 주인에게 다시 봉사했다.

피츠 노먼은 10만 달러와 온갖 크기의 다이아몬드 원석을 트렁크 두 개에 가득 싣고 외국으로 나갔다. 우선 중국 범선을 타고 러시아로 향했다. 몬태나에서 출발한 지 육 개월 만에 상트페테르부르크에 도착했다. 호젓한 곳에 거처를 마련하고 당장 궁정 보석상을 찾아가서 러시아 차르를 위해 다이아몬드를 가져왔다고 말했다. 두 주 동안 상트페테르부르크에 체류하면서 암살 위협을 받아 여기저기로 거처를 옮겼고, 두려운 나머지 자기 트렁크도 십사 일 동안 서너 번만 열어 보았다.

그는 더 크고 좋은 원석을 들고 일 년 후에 돌아오겠다고 약속한 후에야 인도로 출발할 수 있었다. 그가 떠나기 전에 궁정 재무관은 그 앞으로 가명 계좌 네 개를 만들어 미국의 여러 은행에 총 1500만 달러를 송금했다.

그는 이 년 이상 해외에서 체류하다가 1868년에야 미국으로 돌아왔다. 스물두 개국의 수도를 방문하고 황제 다섯 명, 국왕 열한 명, 왕자 세 명, 샤 한 명, 칸 한 명, 술탄 한 명을 만났다. 피츠 노먼은 자신의 재산을 10억 달러로 추정했다. 한 가지 사실 덕택에 그의 비밀이 누설되지 않을 수 있었다. 그의 큰 다이아몬드들은 대중의 눈에 드러난 지 일주일이 지나기도 전에 최초의 바빌로니아 제국 시대부터 역사를 점령했던 죽음, 정사, 혁명, 전쟁의 역사에 투자되었던 것이다.

1870년부터 1900년 사망할 때까지 피츠 노먼 워싱턴의 역사는 황금의 긴 서사시였다. 물론 곁다리 이야기도 있다. 지역 측량을 회피하고, 버지니아 출신의 숙녀와 결혼해서 외아들을 낳고, 일련의 불행한 사건으로 결국 동생을 죽여야 했다. 동생은 음주벽 때문에 신중하지 못하게 아둔한 행동을 서너 번 저질러서 결국 두 사람 모두의 안전을 위험한 지경으로 몰고 갔다. 그러나 진보와 팽창이 이뤄지던 이 행복한 시절에 다른 살인 사건은 거의 없었다.

그는 죽기 직전에 방침을 바꾸었다. 외부 재산 중에서 몇 백만 달러만 남기고는 원석을 대량 사들여서 전 세계 은행의 안전 금고에 골동품 명목으로 넣어 두었다. 아들 브래덕 탈턴 워싱턴은 부친의 방침을 더욱 철저하게 고수했다. 그는 광석을 가장 희귀한 원소인 라듐으로 전환하여 금화 10억 달러에 해당하는 양을 시가 상자만 한 용기에 저장했다.

피츠 노먼이 죽고 삼 년이 흐른 후에 아들 브래덕은 사업이 지나치게 확장되었다고 판단했다. 부친이 산에서 가져온 재산은 정확하게 계산될 수 있는 범위를 넘어섰다. 그는 자신이 후원하는 수천 곳의 은행에 넣어 둔 라듐의 대략적인 양을 암호로 공책에 기록해 두었다. 공책에는 은행에서 사용하는 별명도 기록했다. 그리고 그는 아주 간단한 일을 감행했다. 광산을 봉쇄한 것이다.

그는 광산을 봉쇄했다. 그동안 광산에서 꺼낸 양만으로도 아직 태어나지도 않은 수세대의 워싱턴가 후손들이 누구보다 호사스럽게 살아갈 수 있었다. 그의 유일한 걱정거리는 비밀을 어떤 식으로 보호하느냐 뿐이었다. 비밀이 드러나면 공황 상태가 발생하고 지구상의 모든 자산가들과 함께 그 역시 완전한 빈곤 상태로 떨어질 것이었다.

이것이 존 T. 웅거가 머무는 집안의 내력이었다. 그는 도착한 다음 날 아침에 은으로 벽을 두른 워싱턴가의 거실에서 이 이야기를 들었다.

5

아침 식사 후에 존은 거대한 대리석 현관으로 나가 앞에 펼쳐진 광경을 호기심 어린 눈으로 바라보았다. 다이아몬드 산에서 8킬로미터가량 떨어진 가파른 화강암 절벽에 이르기까지 계곡 전역에서 여전히 황금빛 아지랑이가 뿜어 나와 잔디와 호수와 정원의 절경 위를 한가로이 떠돌았다. 여기저기에서 은은한 그늘숲을 만드는 느릅나무들은 짙은 청록색으로 언덕을 휘어잡은 거친 소나무 숲과는 묘한 대조를 이루었다. 그의 눈앞에서 새끼 사슴 세 마리가 4킬로미터 떨어진 수풀에서 껑충거리며 일렬로 나타났다가 빛이 어둑어둑하게 드는 다른 수풀 속으로 사라졌다. 나무 사이로 뛰어다니는 염소 발이 보이거나 님프[4]의 분홍빛 살과 노란 머리칼이 푸르른 이파리 사이로 날아다니는 모습이 보인다 하더라도 존은 놀라지 않았을 것이다.

존은 이렇듯 색다른 광경을 기대하면서 대리석 계단을 내려오다가 계단 발치에서 잠자던 실크처럼 매끄러운 러시아 늑대사냥개 두 마리를 살짝 건드렸다. 그는 구체적으로 어딜 가려는 마음도 없이 하얗고 파란 벽돌 길을 마냥 걸었다.

그는 이 순간을 최대한 즐겼다. 젊음이 절대로 현재에 안주하지 못하고, 늘 눈부시게 상상되는 미래와 비교되는 것은 젊음이 충분하지 못할 뿐만 아니라 축복을 받았기 때문이다. 꽃과 금, 여자와 별은 비교할 수도, 얻을 수도 없는 그 젊은 꿈을 예언할 따름이다.

진한 향기를 내뿜는 장미 수풀의 부드러운 모퉁이를 돌자 나무 아래 이끼가 깔린 정원이 나타났다. 존은 이끼를 밟아 본 적이 없었고, 과연 이끼가 제 이름값을 하는지 확인해 보고 싶었다. 그때 잔디 너머로 지금까지 본 그 어떤 여자보다도 아름다운 소녀가 그를 향해 다가왔다.

소녀는 무릎 아래까지 내려오는 하얗고 귀여운 드레스를 입고, 파란 사파이어 조각이 달린 레이스 머리 끈으로 머리를 묶었다. 소녀의 분홍빛 맨발이 이슬을 흩뜨리며 다가왔다. 나이는 기껏해야 열여섯 살 정도, 존보다 어려 보였다.

"안녕, 난 키스마인이야." 그녀가 부드러운 목소리로 말했다.

그녀는 이미 존에게 그 이상의 존재가 되었다. 그는 그녀

4 그리스 신화에 나오는 젊고 아름다운 여자 모습의 요정.

에게 다가갔지만 혹시 그녀의 맨발을 밟을까 봐 거의 움직일 수 없었다.

"우리 만난 적 없지?" 소녀의 부드러운 목소리가 말했다. "아, 많은 걸 놓쳤어!" 소녀의 파란 눈이 덧붙였다. "재스민 언니는 어젯밤에 만났을 거야. 난 양배추 식중독으로 아팠어." 소녀의 부드러운 목소리가 말했다. "아프면 난 친절해지지. 건강할 때도 그렇지만." 그녀의 눈이 뒤를 이었다.

"넌 이미 나에게 대단한 영향을 주었어. 내가 그렇게 둔하지는 않아." 존의 눈이 말했다. "괜찮아? 지금은 좀 나아졌어?" 그의 목소리가 말했다. "자기야." 그의 눈이 떨면서 덧붙였다.

존은 그녀와 함께 길을 따라 걷고 있는 자신을 발견했다. 소녀의 제안으로 둘은 이끼 위에 같이 앉았지만, 존은 이끼가 부드러운지 어떤지도 알아채지 못했다.

존은 여자들에 대해 비판적이었다. 두꺼운 발목, 거친 목소리, 유리알 같은 눈 등 결점이 하나만 보여도 상대에게 완전히 관심을 잃었다. 그런데 난생처음 육체적으로 완벽해 보이는 소녀가 옆에 있었다.

"동부 출신이야?" 키스마인이 호감과 관심이 섞인 질문을 던졌다.

존이 간단하게 대답했다. "아니, 헤이즈야."

소녀는 헤이즈에 대해 들어 본 적이 없거나 즐겁게 덧붙일 말이 없었는지 그 문제에 대해 더 이상 언급하지 않았다.

소녀가 말했다. "이번 가을에 동부의 학교로 갈 거야. 내가 좋아할 것 같아? 뉴욕의 미스 벌지 학교에 입학할 거거든. 학교는 엄격하겠지만, 주말이면 뉴욕 집에서 가족들과 지낼 거야. 여자애들은 둘씩 걸어 다녀야 한다고 아버지가 그랬어."

"너희 아버지는 네가 자존심을 갖기를 바라시는구나." 존이 말했다.

소녀가 위엄 있게 두 눈을 반짝이며 대답했다. "그럼, 우리는 아무도 벌을 받은 적이 없어. 아버지는 우리가 절대로 그래서는 안 된다고 했어. 재스민 언니가 어렸을 때 아버지를 아래층으로 밀쳤지만 아버지는 절뚝거리며 일어났어. 오빠가, 음, 거기 출신이라는 것을 알고 어머니가 좀 놀랐어. 어머니는 어렸을 때, 음, 어머니는 스페인 출신이고 좀 구식이라서."

"여기에서 많이 지내?" 존은 소녀의 말에 다소 상처를 받았다는 것을 감추려고 얼른 물었다. 자신의 출신에 대해 매몰차게 빗대 말하는 것 같았다.

"퍼시 오빠와 재스민 언니와 나는 여름마다 여기 와. 내년 여름에 언니는 뉴포트로 갈 거야. 올가을부터 일 년은 런던에서 지낼 거고. 궁정에 소개받고 갈 거래."

존이 주저하며 물었다. "저기, 아까 처음 너를 봤을 때 생각했던 것보다 네가 훨씬 더 세련되었다는 거 알아?"

그녀가 얼른 큰 소리로 대꾸했다. "아, 싫어, 아니야. 그렇다고 생각해 본 적조차 없는데. 세련된 젊은이들은 너무나 평범하지 않아? 난 전혀 그렇지 않아. 오빠가 그렇다고 하면 울어 버릴래."

그녀는 너무 상심한 나머지 입술까지 덜덜 떨었다. 존은 얼른 변명을 늘어놓았다.

"그런 뜻이 아니야. 그냥 재미 삼아 그런 건데."

"정말 그렇다면 신경도 안 썼겠지만, 난 아니야. 난 아주 순진하고 여자다워. 담배도 술도 안 하고 시만 읽는걸. 수학이나 화학은 잘 몰라. 옷도 아주 꾸밈없이 입어. 사실 제대로 입는 것도 아니지만. '세련되었다.'라는 건 나에게 가장 어울리지 않는 표현이야. 소녀들은 건전하게 자신의 젊음을 누려야 한다고 생각해."

"나도 그래." 존이 진심으로 말했다.

키스마인은 다시 기분이 좋아졌는지 그에게 미소를 지었다. 파란 눈 한구석에서 무의식적으로 눈물 한 방울이 떨어졌다.

소녀가 다정하게 속삭였다. "오빠가 좋아. 여기 있는 동안 내내 퍼시 오빠하고만 지낼 거야, 아니면 나에게도 잘해 줄 거야? 생각 좀 해 봐. 난 완전히 신선한 대지나 마찬가지야. 평생 어떤 남자도 날 사랑해 본 적이 없어. 더군다나 퍼시 오빠를 빼고는 남자와 단둘이서 있어도 좋다는 허락을 받아 보지 못했는걸. 오빠랑 만날 생각에 일부러 이 숲까지 내려온 거야. 우리 가족들은 여기 오지 않을 테니까."

존은 아주 우쭐한 기분이 들어서 헤이즈의 댄스 학교에서 배운 대로 허리를 깊이 숙이고 절했다.

키스마인이 다정하게 말했다. "그만 가야겠어. 11시에는 어머니와 같이 있어야 해. 오빠는 나보고 키스해 달라고 부탁하지도 않았어. 요즘 남자들은 다들 그러는 줄 알았는데."

존이 자부심을 드러내듯 몸을 쭉 폈다.

"그런 남자들도 있지만 난 아니야. 여자들도 그러지 않아, 헤이즈에서는."

그들은 나란히 집으로 걸어갔다.

6

존은 햇볕을 고스란히 받으며 브래덕 워싱턴을 마주 보았다. 마흔 살 정도 되어 보이는 그 중년 신사는 자신감이 넘쳐 보였으나 표정은 공허했고 지성이 묻어나는 눈매에 단단한 체격이었다. 아침이면 그에게서 말(馬), 그것도 최고의 말 냄새가 났다. 그는 평범해 보이는 회색 자작나무 지팡이를 들고 있었는데 손잡이에 커다란 오팔이 달려 있었다. 그는 퍼시와 함께 주변을 안내해 주었다.

"노예들은 저기에서 살지." 그의 지팡이가 대리석 회랑을 가리켰다. 산의 옆쪽에 우아한 고딕식으로 지은 대리석 집들이 있었다. "내가 젊었을 때 어리석은 이상주의로 잠시 방황한 적이 있었네. 그때 노예들은 호화롭게 살았지. 방마다 타일 욕조를 설치해 줄 정도였으니까."

존이 비위를 맞추듯 웃으면서 말했다. "그들은 욕조를 석탄을 저장하는 데 사용했을 것 같습니다. 신리처 머피 씨가 그러시는데 한번은……."

브래덕 워싱턴이 냉랭하게 그의 말을 잘랐다. "신리처 머피 씨의 의견은 중요하지 않은 것 같군. 내 노예들은 자기 욕조에 석탄을 저장하지 않았네. 매일 목욕하라는 명령을 그대로 지켰지. 그러지 않았다면 내가 황산 샴푸를 쓰라고 했을 거야. 하지만 다른 이유 때문에 목욕을 금지했네. 노예 몇 명이 감기에 걸려서 죽었어. 일부 종족에게는 음료수인 경우를 제외하면 물이 좋지 않다네."

존은 웃다 말고 좀 더 진지하게 고개를 끄덕여서 맞장구를 쳐야겠다고 생각했다. 브래덕 워싱턴과 함께 있는 것이 불편했다.

"이 흑인들은 부친께서 북부로 데려온 흑인들의 후손이라네. 지금은 250명 정도인데, 바깥세상과 너무 동떨어져 살아서 원래 사용하던 방언이 거의 알아들을 수 없을 정도가 되었지. 그래서 내 비서와 집안 시종 두어 명에게는 영어를 사용하게 했네."

벨벳 같은 겨울 잔디 위를 걸어가면서 그가 말을 이었다. "여기가 골프장이네. 보다시피 모두 초록색이지. 페어웨이나 잡초가 우거진 러프도, 장애물도 없어."

그가 씩 웃으며 존을 바라보았다.

"감옥에 사람들이 많죠, 아버지?" 퍼시가 느닷없이 물었다.

브래덕 워싱턴이 발을 헛딛으면서 자기도 모르게 욕을 내뱉었다.

"응당 있어야 하는 수보다는 한 명이 적지." 그는 애매하게 대답하고 잠시 후에 덧붙였다. "어려운 일들이 있었네."

퍼시가 큰 소리로 말했다. "어머니가 그러는데 이탈리아어 선생님이……."

브래덕 워싱턴이 화를 냈다. "지독한 실수였어. 물론 그자를 붙잡을 가능성은 크다. 숲 속에서 넘어졌거나 절벽에서 실족했을 거야. 혹시 탈출에 성공했다 하더라도 아무도 그의 이야기를 믿지 않을 거다. 그래도 주변 여러 마을에 스무 명을 풀어서 그를 찾아보게 했지."

"성과는 있었나요?"

"약간. 인상착의가 동일한 남자를 죽였다는 보고가 대리인을 통해 열네 건이나 들어왔다. 물론 그들은 보상을 바라니까……."

땅바닥에 커다란 구덩이가 파인 곳에 도착하자 그가 말을 끊었다. 회전목마 크기만 한 원이 거대한 쇠창살로 덮여 있었다. 브래덕 워싱턴이 존에게 가까이 오라고 손짓하더니 지팡이로 쇠창살 아래를 가리켰다. 존은 가장자리로 걸어가서 구덩이를 내려다보았다. 곧 밑에서 귀가 울릴 정도로 큰 고함 소리가 올라왔다.

"지옥으로 떨어져라!"

"이봐, 얘야, 거기 위쪽 공기는 어떠니?"

"야! 밧줄을 던져!"

"오래된 도넛이라도 가져와, 아니면 먹다 남은 샌드위치라도 있어?"

"이봐, 친구. 너랑 같이 있는 작자를 아래로 밀어 넣으면 신속하게 사라지는 장면을 연출해 주지."

"그자를 나에게 붙여 주겠니?"

너무 컴컴해서 구덩이 속이 잘 보이진 않았지만, 존은 목소리와 내용에 함축된 상스러운 낙관주의와 생생한 표현으로 보아 원기 왕성한 중산층 미국인들임을 알 수 있었다. 워싱턴 씨가 지팡이로 풀밭에 있는 단추를 누르자 아래가 환해졌다.

"불행히도 엘도라도를 발견한 모험적인 선원들이지." 그가 말했다.

아래에는 사발의 안쪽 같은 모양으로 커다란 구덩이가 파여 있었다. 반짝이는 유리 같은 옆면은 경사가 몹시 심했다. 약간 오목하게 파인 밑바닥에 조종사의 제복 같기도 하고 무대 의상 같기도 한 옷차림의 남자들이 스무 명 정도 모여 있었다. 다들 분노와 악의, 절망, 냉소적인 유머로 번들거리는 얼굴을 위로 쳐들었다. 턱수염이 길게 자라서 표정이 잘 보이지는 않았지만 눈에 띄게 우울한 몇 사람을 제외하면 대부분 영양 상태도 좋고 건강해 보였다.

브래덕 워싱턴이 구덩이 가장자리로 정원 의자를 끌고 와서 앉았다.

그가 온화하게 물었다. "음, 잘들 지냈나?"

너무 침울해서 차마 소리도 못 지르는 자들을 제외한 나머지 모두가 욕설을 내질렀다. 그 소리가 햇빛 가득한 지상까지 올라왔지만 브래덕 워싱턴은 전혀 동요하지 않고 침착하게 기다리다가 메아리까지 모두 사라진 후에 다시 물었다.

"이 난국에서 탈출하는 방법에 대해 생각들은 해 봤나?"

여기저기에서 말들이 솟아올랐다.

"사랑을 위해 여기 머물기로 결정했다!"

"우리를 꺼내 주면 방법을 찾겠다!"

브래덕 워싱턴은 다시 잠잠해질 때까지 기다렸다가 말했다.

"나는 이 사태에 대해 이미 말했네. 난 자네들이 여기 있는 걸 바라지 않아. 자네들을 만나지 말았어야 했는데 말이네. 자네들은 호기심 때문에 여기까지 왔고 나와 나의 이익을 해치지 않는 방법을 생각해 낸다면 나도 기쁘게 고려해 보겠어. 하지만 땅굴을 파는 노력만 기울인다면 — 그래, 자네들이 새로 땅굴을 판다는 것도 이미 알고 있네. — 멀리 가지 못할 걸세. 자네들 생각보다 그렇게 힘들지는 않을 거야. 고향의 사랑하는 이들을 향해 질러 대는 고함과 아울러 말이지. 자네들이 사랑하는 식구들에 대해 신경을 많이 쓰는 축이라면 절대로 비행기를 타지도 않았겠지만."

키다리 한 명이 무리에서 떨어져 나와 자기 말에 주인이 관심을 가졌으면 하는 것처럼 한 손을 쳐들었다.

"몇 가지 질문이 있다! 당신은 자기가 공정한 척하고 있어!" 그가 외쳤다.

"말도 안 되는 소리. 나 같은 지위의 사람이 어떻게 자네 같은 자들에게 공정할 수 있겠나? 스페인 사람이 스테이크 덩어리를 앞에 놓고 공정할 거라고 생각하는 편이 낫겠지."

이 심한 대꾸에 스테이크 스무 개의 표정이 일그러졌지만, 키다리는 말을 이었다.

"좋다! 전에도 이런 말싸움을 했었지. 당신은 박애주의자도 아니고, 공정하지도 않아. 그래도 인간이야. 적어도 그렇다고 직접 말했지. 당신이 우리 처지라면 어떨지 생각해 봐야 해. 얼마나, 얼마나……."

"얼마나 뭘 말인가?" 워싱턴이 차갑게 물었다.

"얼마나 쓸데없는 일인지……."

"난 아닌데."

"음, 얼마나 잔인한지……."

"그건 이미 해결했지. 자기 보존의 문제가 걸려 있을 때는 잔인함 따위는 존재하지 않아. 자네들은 병사들이야. 자네들도 알겠지만. 다른 이야길 해 보게."

"음, 얼마나 어리석은지……."

"그래, 그건 인정하지. 하지만 대안을 생각해 보게. 원한다면 자네들 모두, 아니 누구라도 고통 없이 처형시켜 주겠다고 제안했어. 아내나 애인, 자식, 어머니를 여기로 유괴해 오겠다고도 제안했어. 거기 아래의 처소를 확장해서 평생 먹여 주고 입혀 줄 거야. 영구 기억 상실증에 걸리는 약을 만들 수만 있다면 모두에게 주입해서 당장 내 구역 밖으로 내보낼 거야. 내 생각은 여기까지라네."

“당신에 대해 밀고하지 않겠다는 걸 믿어 줄 순 없나?” 누군가 외쳤다.

워싱턴이 경멸하는 표정으로 대답했다. “그 제안은 진심이 아니야. 자네들 중에서 한 명을 꺼내서 딸에게 이탈리아어를 가르치게 했는데, 지난주에 도망쳤어.”

갑자기 스물네 개의 목구멍이 미친 듯이 소리를 질러 댔고 구덩이 속은 곧 여흥이 펼쳐지는 아수라장이 되었다. 죄수들은 짐승 같은 혈기에 나막신 춤을 추고 박수하고 요들을 부르고 씨름을 했다. 심지어 사발의 유리 옆면을 최대한 기어올랐다가 몸의 천연 쿠션을 이용해서 다시 바닥으로 미끄러졌다. 키다리가 선창하자 다들 따라 했다.

오, 우리는 독재자를 교수형에 처할 거야,

시큼한 사과나무에…….

브래덕 워싱턴은 노래가 끝날 때까지 뜻 모를 침묵에 잠겨 앉아 있었다.

죄수들이 약간 관심을 보이자 그가 입을 열었다. “알겠지만, 자네들에게 아무런 악의도 없네. 즐거워하는 걸 보니 좋군. 그래서 이야기를 전부 해 주지 않는 거야. 이름이 뭐였더라? 크리티키엘로인가 하는 그자는 열네 군데에서 내 대리인들의 총을 맞았어.”

죄수들은 ‘열네 군데’가 도시를 뜻한다는 것을 몰랐기 때문에 즐겁게 소란을 피우던 것을 당장 그쳤다.

워싱턴이 분노하며 외쳤다. “그럼에도 불구하고, 그자는 달아나려고 했어. 이런 일을 겪고 나서도 자네들에게 다시 기회를 줄 것 같나?"

다시 고함 소리가 올라왔다.

"물론이지!"

"당신 딸이 중국어를 배우고 싶어 하지는 않나?"

"이봐, 나도 이탈리아어를 할 줄 알아. 어머니가 이탈리아 사람이야."

"딸내미가 뉴욕 말도 배우고 싶어 하겠지."

"커다랗고 푸른 눈의 그 소녀라면 이탈리아어 말고 딴 걸 더 잘 가르쳐 줄 수도 있는데."

"아일랜드 노래도 좀 알고, 금관 악기도 다루는데."

워싱턴 씨가 갑자기 지팡이를 들고 몸을 기울여서 풀밭에 있는 단추를 누르자 곧 아래쪽 광경이 사라지고 검은 쇠창살로 침울하게 뒤덮인 커다랗고 어두운 입구만 남았다.

아래에서 누군가가 외쳤다. "이봐! 축복도 해 주지 않고 가진 않겠지?"

워싱턴 씨는 두 소년을 이끌고 어느새 골프장의 아홉 번째 홀로 걸어갔다. 그에게는 구덩이와 그 안의 내용물이 간단한 골프채만으로도 쉽게 통과할 수 있는 장애물에 불과한 것 같았다.

7

다이아몬드 산 아래의 7월은 밤엔 담요를 덮어야 했지만 낮에는 따뜻했다. 존과 키스마인은 사랑에 빠졌다. 존은 자기가 선물한 작은 황금 축구공('신과 조국과 성 미다를 위해(Pro deo et patria et St. Mida)'라는 말이 새겨졌다.)이 그녀의 백금 목걸이에 매달렸다는 사실을 몰랐다. 또한 키스마인은 자신의 꾸미지 않은 머리에서 떨어진 커다란 사파이어가 존의 보석 상자에 애틋하게 들어갔다는 것도 몰랐다.

어느 늦은 오후에 그들은 루비와 담비의 털로 치장한 조용한 음악실에 한 시간이나 머물렀다. 존은 그녀의 손을 잡았고, 그녀가 한없이 부드럽게 자기를 바라보자 그녀의 이름을 속삭였다. 그녀가 그를 향해 몸을 기울이다가…… 멈칫했다.

"키스마인[5]이라고 했어? 아니면……." 그녀가 부드럽게 물었다.

그녀는 자기가 오해했을 수도 있겠다 싶어서 확인하고 싶었던 것이다.

둘 다 지금까지 키스해 본 적이 없었지만, 한 시간이 흐르자 키스를 해 보았는지 못 해 보았는지는 거의 차이가 없어 보였다.

그날 오후는 그렇게 흘러갔다. 그날 밤의 마지막 선율이 가장 높은 탑에서 흘러 내려올 때 그들은 누워서 그날의 매 순간을 행복하게 꿈꾸었다. 가능한 한 빨리 결혼하기로 다짐했던 것이다.

8

워싱턴 씨와 두 젊은이는 날마다 깊은 숲에서 사냥이나

5 '나에게 키스해 줘.'라는 뜻으로도 해석된다.

낚시를 하고, 나른한 골프장에서 골프를 치기도 했는데, 존은 일부러 집주인에게 져 주었다. 가끔은 산의 정기로 서늘한 호수에서 수영도 했다. 존은 워싱턴 씨가 상당히 지독한 인물이라고 평가했다. 그는 자신의 것을 제외한 그 어떤 생각이나 의견에 완전히 무관심했다. 워싱턴 부인은 내성적이었고 늘 혼자 떨어져 있었다. 그녀는 두 딸에게 전혀 관심이 없고 오로지 아들 퍼시에게만 빠져 있었다. 저녁 식사 때면 둘은 빠른 스페인어로 기나긴 대화를 나누었다.

큰딸 재스민은 다리가 약간 휘고 손발이 큰 것을 제외하면 키스마인과 외모가 비슷했지만, 기질은 완전히 딴판이었다. 재스민은 홀아비가 된 아버지를 위해 집안일을 하는 가난한 소녀들에 관한 책을 좋아했다. 존은 재스민이 군부대 안의 매점 전문가로서 유럽에 진출하기 직전에 세계대전이 종결되자 그 충격과 실망에서 영영 벗어나지 못하고 있다고 키스마인으로부터 들었다. 재스민이 너무 상심하자 브래덕 워싱턴은 발칸 반도에 새로운 전쟁을 일으킬까 하고 생각도 했었다. 하지만 재스민은 세르비아 부상병들의 사진 한 장을 보고 이런 일에 아예 흥미를 잃었다. 반면 퍼시와 키스마인은 아버지에게서 지나치게 오만한 태도를 고스란히 물려받은 것 같았다. 그들은 무슨 생각을 하더라도 소박하면서도 꾸준하게 이기심을 드러냈다.

존은 성과 계곡의 경이로운 모습에 매혹되었다. 퍼시가 말하길 브래덕 워싱턴은 조경사를 비롯해서 건축가, 무대 장치가, 이전 세기의 유물이라 할 프랑스 데카당스 시인을 유괴해 왔다고 했다. 그는 그들에게 흑인 노예들을 맘껏 부리게 했고, 이 세상의 그 어떤 재료도 다 제공하겠다면서 맘껏 일해 보라고 했다. 그러나 그들은 자신들이 아무 쓸모가 없는 존재라는 것을 입증해 보였다. 데카당스 시인은 봄에 넓은 대로를 볼 수 없다며 당장 슬퍼하기 시작했다. 그는 향신료, 원숭이, 상아에 대해 넌지시 언급했지만 실용적인 가치에 대해서는 아무 말도 없었다. 한편 무대 장치가는 계곡 전체에 특수 효과와 기술을 사용해 보려 했지만, 워싱턴가 사람들은 그런 무대를 금방 지겨워했을 것이다. 건축가와 조경사는 이건 이렇게 하고 저건 저렇게 해야 한다는 등 의례적인 주장만 했다.

어쨌든 그들은 자신들과 관계가 있는 문제라면 해결해 냈다. 그들은 분수의 위치를 결정하는 문제로 한 방에서 밤을 지새우고 다음 날 아침 일찍 모두 정신을 놓아 버렸다. 그래서 지금은 코네티컷 주 웨스트포트의 한 정신 병원에 유배되어 편안하게 지내고 있다.

존이 궁금한 마음에 물었다. "그렇다면 이 멋진 영접실과 집회장, 입구, 욕실은 누가 다 만든 거야?"

퍼시가 대답했다. "음, 좀 부끄럽긴 하지만 영화 일을 하던 사람이었어. 무한정의 돈을 갖고 노는 데 익숙한 사람은 그 자뿐이더라고. 냅킨을 옷깃 속에 집어넣는 데다가 읽고 쓸 줄도 몰랐지만."

8월이 끝날 무렵 존은 곧 학교로 돌아가야 한다는 사실에 마음이 무거웠다. 그와 키스마인은 다음 6월에 사랑의 도피행을 떠나기로 약속했다.

키스마인이 고백했다. "여기에서 결혼하면 더 근사할 텐데. 물론 아버지는 절대로 자기와 결혼하지 못하게 할 거야. 그러니 나로서도 도망치는 편이 낫지. 부자들이 미국에서 결혼하는 건 끔찍한 일이야. 유물을 걸치고 결혼할 거라고 언론에 늘 알려 줘야 하니까. 물론 그들이 말하는 유물이란 한때 외제니 여제가 사용하던 오래된 진주 목걸이와 레이스 드레스이긴 하지만."

존이 열정적으로 말했다. "나도 알아. 신리처 머피가를 방문했을 때 장녀 그웬돌린이 웨스트버지니아의 절반을 소유한 사람의 아들과 결혼했지. 은행원인 남편 월급으로 살아가는 일이 얼마나 힘든지 편지를 보냈는데, 마지막에 이렇게 썼더라. '다행히도 유능한 하녀가 넷 있어서 약간 도움이 되어요.'"

키스마인이 말했다. "너무 불합리해. 하녀 두 명으로 버텨야 하는 수백만의 노동자나 그런 사람들을 생각해 봐."

8월의 어느 늦은 오후에 키스마인이 던진 우연한 말 한마디에 모든 상황이 역전되었고, 존은 공포에 떨게 되었다.

가장 좋아하는 풀밭에서 키스하다가 존은 둘의 관계에 고통이 따르리라는 낭만적이고 불길한 예감에 빠졌다.

그가 슬프게 말했다. "우리가 절대로 결혼하지 못할 것 같다는 생각이 들어. 넌 돈이 너무 많고 대단해. 너처럼 부자인 여자는 절대로 다른 여자와 같을 수 없어. 오마하나 수시티 출신의 철물 도매 회사 부자의 딸과 결혼해서 그녀가 지참금으로 가져온 50만 달러로 만족해야 할 것 같아."

"철물 도매 회사 부자의 딸을 본 적이 있어. 자기라면 그런 여자에게 만족하지 못할걸. 언니의 친구였는데 여기 온 적도 있어."

"나 말고 다른 손님도 왔었던 거야?" 존이 놀라서 물었다.

키스마인은 자기가 한 말을 후회하는 것 같았다.

"응, 그래. 몇 명 왔었지." 그녀가 서둘러 대답했다.

"너는, 아니, 너희 아버지는 사람들이 바깥세상에 나가 이곳 이야기를 할까 봐 걱정하지 않았어?"

"어, 어느 정도, 어느 정도는 그랬지. 다른 즐거운 이야기나 하자."

그러나 존의 호기심은 식을 줄을 몰랐다.

"다른 즐거운 이야기라고? 이 이야기는 뭐가 즐겁지 않은데? 착한 여자애들이 아니었어?"

키스마인이 갑자기 울자 존은 몹시 놀랐다.

"그래, 그게, 문제였어. 나도, 몇 명은 꽤, 꽤 좋아했는데. 언니도 그랬고. 어쨌거나 언니는 계속 친구를 초대했어. 나는 이해할 수 없었지만."

존의 마음속에서 불길한 의혹이 싹트기 시작했다.

"그 사람들이 여기 이야기를 떠벌려서 너희 아버지가…… 제거했다는 거야?"

"그 이상이야." 그녀가 띄엄띄엄 말했다. "아버지는 말할 기회도 주지 않았어. 언니는 놀러 오라는 편지를 계속 보냈고, 또 그들은 아주 재미있게 지냈어."

그녀는 슬픔을 이기지 못하고 거의 발작 상태에 빠졌다.

존은 두려움과 놀라움에 입을 딱 벌렸다. 척추라는 전봇대에 앉은 참새 떼처럼 온몸의 신경 조직이 뒤흔들렸다.

"자기에게 다 말해 버렸네. 그러면 안 되는데." 키스마인이 갑자기 울음을 그치고 짙푸른 눈에 맺힌 눈물을 닦았다.

"그들이 떠나기 전에 아버지가 죽인 거야?"

그녀가 고개를 끄덕였다.

"보통은 8월이야. 아니면 9월 초나. 우리가 먼저 그들에게서 즐거움을 전부 얻어 낸 후에 그러는 게 당연하니까."

"정말 역겹구나! 어떻게, 왜, 이거 돌겠네! 너, 정말로 그러는 게 당연하다고 인정하는 거야……?"

키스마인이 어깨를 으쓱하며 그의 말에 끼어들었다. "그래, 비행사들처럼 가둬 둘 수는 없었어. 매일 마음의 가책이 될 테니까. 또 아버지가 늘 예상보다 빨리 처리했기 때문에 언니와 내 입장에서도 편했어. 그런 식으로 소란스러운 이별을 피할 수 있었고……."

"그래서 그들을 죽였다고! 어!" 존이 소리쳤다.

"아주 깔끔했어. 그들이 잠자는 동안 약을 주입했고, 가족들에게는 산에서 성홍열로 죽었다는 소식을 전했어."

"하지만 왜 계속 사람들을 초대하는지 이해할 수 없어!"

"난 아니야." 키스마인이 외쳤다. "나는 한 명도 초대하지 않았어. 언니가 그랬지. 또 사람들은 늘 아주 즐겁게 지냈어. 언니는 끝날 무렵에 무척 근사한 선물을 주었어. 앞으로 내 손님들도 오겠지. 그러면 나도 익숙해질 거야. 죽음처럼 불가항력적인 것 때문에 즐거운 인생을 방해받을 수는 없어. 아무도 찾아오지 않으면 여기에서 지내는 게 얼마나 외로울지 상상해 봐. 사실 우리와 마찬가지로 부모님도 당신의 가장 친한 친구 몇 명을 희생했어."

존이 비난했다. "그래서 널 사랑하게 만들고 너도 사랑하는 척하면서 결혼 이야기를 했구나. 내가 절대로 살아서 돌아가지 못할 거라는 걸 알면서……."

그녀가 강하게 반박했다. "아니, 더 이상은 아니야! 처음엔 그랬어. 자기가 여기 있었고, 나로서는 어쩔 수 없었어. 자기의 마지막 날이 즐거운 게 우리 둘 모두에게 낫겠다고 생각했어. 그러다가 자기를 사랑하게 되었고, 정말 미안해. 자기가, 자기가 죽어야 하다니……. 그래도 자기가 딴 여자와 키스하느니 죽는 편이 낫겠어."

"아, 그래, 그런 거였어?" 존이 격노해서 물었다.

"그 이상이야. 절대로 결혼할 수 없는 남자와는 더 큰 재미를 볼 수 있다는 소리를 늘 들었어. 아이, 내가 왜 이런 말까지 하는 거지? 완벽하게 행복했던 자기의 시간을 다 망쳐 버렸네. 자기가 몰랐을 때는 정말 좋았는데. 이제 자기에게는 이 상황이 꽤 우울하게 느껴지겠지."

존의 목소리가 분노로 떨렸다. "아, 그래, 그런 거였어? 이런 이야기는 지긋지긋해. 네가 시체나 다름없는 자와 바람이 날 정도로 자존심도 정숙함도 없는 아이라면 더 이상 너와 아무 사이도 아닌 게 낫겠어!"

그녀가 두려워하며 항의했다. "자기는 시체가 아니야! 자기는 시체가 아니라고! 내가 시체와 키스했다고 말하면 가만두지 않겠어!"

"그런 말은 하지 않았어!"

"그랬어! 내가 시체와 키스했다고 했잖아!"

"아니!"

그들은 목소리를 점점 더 높이다가 어떤 방해물이 불쑥 등장하는 바람에 동시에 입을 다물었다. 그들을 향해 다가오는 발소리가 들리더니 장미 수풀이 갈라지고 브래덕 워싱턴의 준수하지만 공허한 얼굴이 나타났다. 그는 지적인 눈으로 그들을 노려보았다.

"누가 시체와 키스했다는 거야?" 그가 아주 못마땅하다는 듯이 물었다.

키스마인이 차분하게 대답했다. "아무것도 아니에요. 그냥 농담이었어요."

그가 퉁명스럽게 물었다. "어쨌거나 너희 둘이 여기에서 뭘 하는 거지? 키스마인, 넌 책을 읽거나 언니와 골프를 쳐야지. 가서 책을 읽거라! 가서 골프나 쳐! 내가 돌아왔을 때 여기 있어서는 안 된다!" 그리고 그는 존에게 인사하고 걸어갔다.

아무 소리도 들리지 않을 정도로 아버지가 멀리 간 후에 키스마인이 침울하게 물었다. "봤지? 자기가 전부 망쳤어. 우린 더 이상 만날 수 없어. 아버지가 허락하지 않을 거야. 우리가 사랑하는 걸 알면 자기를 독살할걸."

존이 격렬하게 외쳤다. "우리는 더 이상 사랑하지 않아! 그러니 너희 아버지도 그 문제에 대해서는 걱정하지 않아도 돼. 더군다나 내가 여기 계속 머물 거라는 어리석은 생각은 하지도 마. 앞으로 여섯 시간 후에 필요하다면 산을 갉아 먹고서라도 동쪽으로 갈 거야."

그들은 둘 다 일어나 있었는데, 존이 말을 마치자 키스마인이 가까이 다가와서 팔짱을 꼈다.

"나도 갈래."

"너 미쳤……."

"당연히 나도 갈 거야." 그녀가 참지 못하고 그의 말을 잘랐다.

"천만에. 너는……."

그녀가 침착하게 말했다. "잘 알겠어. 아버지를 따라가서 말하자."

존은 어쩔 수 없어서 그저 침통하게 웃었다.

그는 얼굴이 창백하고 애정도 사라진 듯 보였지만 그녀의 말에 동의했다. "좋아, 자기야. 같이 가자."

존은 키스마인에 대한 사랑이 되돌아와 편안하게 안착했

다고 느꼈다. 그녀는 그의 것이다. 그녀는 그와 함께 떠나 위험에 동참할 것이다. 그는 두 팔로 그녀를 껴안고 격렬하게 키스했다. 결국 그녀는 그를 사랑했고, 사실 그를 구해 준 셈이었다.

그들은 그 문제에 대해 이야기를 나누며 천천히 성으로 걸어갔다. 그들이 함께 있는 모습을 브래덕 워싱턴에게 들켰으니 다음 날 밤에 떠나는 게 나을 성싶었다. 저녁 식사 때 존은 입술이 바짝 타는 것 같았다. 더군다나 공작새 수프를 한입 가득 왼쪽 기도로 집어넣는 바람에 거북이와 담비로 치장된 카드실로 실려 갔고 하급 집사가 그의 등을 두드렸다. 퍼시는 아주 웃기는 소동이라고 생각했다.

9

자정이 지나고 한참 후에 존은 신경질적으로 경련을 일으키며 몸을 벌떡 세우고 앉아 방에 드리워진 최면의 베일을 노려보았다. 열린 창문 만큼의 정사각형 푸른 어둠 너머 멀리에서 희미한 소리가 들렸다. 그 소리는 불편한 꿈으로 헤매던 그의 기억에 각인되지도 못하고 바람에 잦아들었다. 그러나 그 뒤를 이어 더 가까이, 바로 방 밖에서 날카로운 소리가 났다. 손잡이가 돌아가는 소리인지 아니면 발소리나 속삭임인지 구별할 수 없었다. 배 속에 단단한 덩어리가 뭉치는 것 같았고 있는 힘을 다해 그 소리에 귀를 기울이자 온몸이 다 아팠다. 베일 하나가 녹아내리는 것 같더니 문간에 희미한 물체가 나타났다. 어둠에 가려진 흐릿한 윤곽의 그 물체는 주름진 커튼과 겹쳐서 더러운 유리판에 반사된 것처럼 왜곡되어 보였다.

두려웠는지 아니면 마음의 결단을 내렸는지는 모르겠지만 존은 갑자기 침대맡의 단추를 눌렀다. 곧 그는 옆방의 초록색 욕조로 미끄러져 들어갔고, 반쯤 채워진 욕조의 차가운 물에 빠지자 정신이 번쩍 들었다.

그가 벌떡 일어나자 물에 젖은 잠옷에서 물방울이 둔탁하게 등 뒤로 튕겼다. 그는 2층 상아 계단참과 연결된 남옥 방으로 달려갔다. 문은 스르르 열렸다. 커다란 반원 지붕에서 타오르는 진홍색 램프의 불빛이 장엄한 조각 계단을 비추는 광경이 너무 아름다워 고통스러울 정도였다. 존은 자신을 둘러싼 고요하고도 장엄한 광경에 잠시 멈칫거렸다. 상아 계단참에서 흠뻑 젖은 채로 몸을 떠는 외로운 인간을 거대한 주름과 곡선이 둘러싸는 것 같았다. 그때 두 가지 일이 동시에 벌어졌다. 그의 거실 문이 활짝 열리더니 벌거벗은 흑인 세 명이 고꾸라지듯 홀로 들어섰다. 존이 두려운 마음에 계단 쪽으로 몸을 움직이는데 복도 맞은편의 다른 문이 미끄러지듯 열리고 불 켜진 엘리베이터 안에 브래덕 워싱턴이 서 있었다. 그는 번들거리는 장밋빛 잠옷 위에 모피 코트를 걸치고 무릎까지 오는 승마화를 신고 있었다.

흑인 세 명(모두 처음 보는 자들이었으나 존은 그들이 전문 사형 집행인이 틀림없다고 순간적으로 생각했다.)이 존을 향해 움직이다가 걸음을 멈추고 엘리베이터에 탄 남자를 바라보았다. 그가 제왕처럼 명령을 내렸다.

"여기로 들어와! 너희 셋 모두! 최대한 빨리!"

그러자 흑인 세 명이 번개처럼 안으로 들어갔고 엘리베이터 문이 미끄러지듯 닫히면서 직사각형 모양의 빛도 사라졌다. 홀에는 다시 존만 남았다. 그는 탈진해서 상아 계단에 주저앉았다.

분명 불길한 일이 벌어져서 잠시나마 그의 사소한 재난이 연기되었던 것이다. 그게 뭘까? 흑인들이 폭동을 일으켰나? 조종사들이 강제로 쇠창살을 벌렸을까? 아니면 피시 주민들이 맹목적으로 언덕을 넘어와서 그 황량하고 기쁨도 모르는 눈으로 이 번쩍이는 계곡을 발견한 것일까? 그로서는 알 도리가 없었다. 엘리베이터가 다시 윙 하고 올라갔다가 내려가는 소리가 들렸다. 퍼시가 아버지를 도우러 서둘러 온 것인지도 모른다. 존은 지금이야말로 키스마인에게 달려가서 당장 도망칠 계획을 세워야 할 때라고 생각했다. 그는 엘리베이터가 조용해지길 잠시 기다리다가 젖은 잠옷 사이로 비집고 들어와 온몸을 채찍질해 대는 밤의 냉기에 몸을 떨면서 방으로 돌아와 얼른 옷을 갈아입었다. 그다음에 긴 계단 쪽으로 걸어가서 러시아 담비 양탄자가 깔린 복도로 내려갔다. 복도는 키스마인의 방과 연결되어 있었다.

키스마인의 거실 문은 열려 있었고 램프도 켜져 있었다. 그녀는 앙고라 기모노 차림으로 창가에 서서 귀를 기울이다가 존이 조용히 들어오자 몸을 돌렸다.

키스마인이 방을 가로질러 다가오더니 속삭였다. "아, 자기였구나! 소리 들었어?"

"네 아버지의 노예들이 내……."

그녀가 흥분해서 그의 말을 막았다. "아니, 비행기 말이야!"

"비행기라고!? 그 소리에 내가 깬 모양이구나."

"적어도 열두 대는 돼. 몇 분 전에 달빛에 비행기 한 대를 봤어. 절벽에서 보초를 서던 경비원이 총을 쏘았고 그 소리에 아버지도 알게 된 거야. 우리 쪽에서 당장 발포할 작정이래.”

“그들이 알고 찾아온 건가?”

“그래. 그 이탈리아인이 도망쳐서…….”

그녀의 마지막 말과 동시에 열린 창 너머로 날카로운 소리가 연속적으로 들렸다. 키스마인이 작게 소리를 지르며 옷장 위의 상자에서 덜덜 떨리는 손으로 동전 하나를 꺼내 전등으로 달려갔다. 곧 성 전체가 캄캄해졌다. 그녀가 퓨즈를 끊은 것이다.

그녀가 외쳤다. “이리 와! 하늘정원으로 올라가서 보자.”

그녀는 망토를 두르고 그의 손을 잡았고, 둘은 문밖으로 달려갔다. 탑의 엘리베이터까지는 겨우 한 걸음이었고, 그녀가 단추를 누르자 엘리베이터가 솟아올랐다. 그는 그녀에게 팔을 두르고 어둠 속에서 그녀의 입에 키스했다. 드디어 존 웅거에게도 로맨스가 찾아온 것이다. 곧 그들은 별이 빛나는 옥상으로 나갔다. 소용돌이치는 구름 조각 사이로 들락날락 모습을 보이는 달 아래에서 시커먼 날개를 단 물체 열두 개가 끊임없이 선회했다. 계곡 여기저기에서 그들을 향해 불길이 치솟고 날카로운 폭음이 뒤를 이었다. 키스마인은 재미있는지 손뼉을 쳤다. 하지만 미리 준비된 신호에 따라 비행기들이 폭탄을 투하하고, 나직하게 웅얼대는 소리와 무시무시한 빛의 파노라마로 계곡이 가득 차자 그녀는 몹시 절망했다.

공격자들은 대공포가 포진한 지점들을 집중 공격했다. 장미 정원에서 대공포 한 대가 거대한 용광로처럼 불타올랐다.

존이 말했다. “키스마인, 내가 살해될 예정이었던 밤에 이 공격이 시작되었다는 걸 알면 너도 기쁠 거야. 경호원이 입구에서 발사하는 소리를 듣지 못했다면 지금쯤 난 죽어서…….”

눈앞에서 벌어지는 광경에 열중해 있던 키스마인이 외쳤다. “뭐라고 말하는지 들리지 않아! 더 크게 말해 줘!”

존이 소리쳤다. “성을 폭격하기 전에 도망쳐야 한다고!”

갑자기 흑인 구역의 주랑이 갈라지더니 그 아래에서 불길이 치솟고 대리석 조각들이 호수 경계선까지 날아갔다.

키스마인이 외쳤다. “노예 5만 달러어치가 사라진다. 전쟁 전 가격으로. 이제 재산을 존중하는 미국인은 거의 없어.”

존은 도망쳐야 한다고 다시 재촉했다. 비행기들의 공격은 시간이 지날수록 더욱 정확해졌고, 대공포 중에서 발사하는 건 겨우 두 대뿐이었다. 화염에 휩싸인 수비대는 이제 오래 버티지 못할 것이다.

존이 키스마인의 팔을 붙잡으며 외쳤다. “가자! 가야 해. 저 조종사들이 널 찾아내면 곧바로 죽일 거라는 거 모르겠어?”

키스마인이 마지못해 동의했다.

“언니를 깨워야 해!” 그녀는 엘리베이터로 달려가면서 말하더니 아이처럼 즐겁게 덧붙였다. “우린 가난해질 거야, 그렇지? 책에 나오는 사람들처럼 말이야. 난 고아가 되고 완전히 자유롭겠지. 가난하고 자유로워! 정말 신나는 일이야!” 그녀는 말을 멈추더니 입술을 내밀어 기쁜 듯 그에게 키스했다.

존이 진지하게 말했다. “가난하면서 동시에 자유로울 수는 없어. 이미 그렇다고 확인된걸. 둘 중에서 하나만 고르라면 자유를 선택하겠어. 그건 그렇고, 보석 상자 안에 든 걸 주머니에 꼭 챙기도록 해.”

십 분 후에 존은 어두운 복도에서 두 소녀와 만나 성의 1층으로 내려갔다. 그들은 마지막으로 장엄하고 화려한 홀을 지나다가 잠시 테라스에 서서 불타는 흑인 숙소와 호수 맞은편에 추락해서 타오르는 비행기 두 대를 바라보았다. 아직도 대공포 한 대가 상공을 향해 조준되어 있어서 공격자들이 착륙을 주저하는 것 같았다. 대신 그들은 대공포를 쏘는 에티오피아인을 사살하려고 대포 주위로 원을 그리며 우레 같은 공격을 감행했다.

존과 두 자매는 대리석 계단을 지나 왼쪽으로 홱 돌아 좁다란 길을 올라가기 시작했다. 다이아몬드 산을 대님처럼 둘러싼 길이었다. 키스마인은 산등성이의 나무가 무성한 지역을 알고 있었다. 그들은 거기 숨어서 누운 채로 계곡의 거친 밤을 지켜볼 것이고, 어쩔 수 없는 상황에 이르면 돌 많은 골짜기에 놓인 비밀 통로로 도망칠 것이다.

10

그들은 3시가 되어서야 목적지에 도착했다. 자상하고 여유로운 성격의 재스민은 커다란 나무줄기에 몸을 기대고 금세 잠이 들었다. 존은 키스마인을 감싸 안고 그날 아침만 해도 아름다웠던 정원 가운데에서 벌어지는 치열한 전투를 앉아서 지켜보았다. 4시가 지나자마자 마지막까지 버티던 총이 탕 소리를 내며 붉은 혀를 빠르게 내밀었다가 사그라졌다. 달이 숨긴 했지만 비행 물체가 점점 더 땅에 가깝게 선회하는 모습도 보였다. 포위된 자들에게 더 이상 무기가 없다는 것이 확실해지면 비행기들이 착륙할 것이고, 어둡게 빛나던 워싱턴 일가의 지배도 끝장나리라.

불길이 그치면서 계곡도 조용해졌다. 비행기 두 대의 잔해가 수풀에 웅크린 괴물의 눈처럼 번쩍였다. 성은 어둡고, 조용히 서 있었다. 성은 햇빛 아래에서 아름다웠듯이 햇빛 없이도 여전히 아름다웠다. 한편 네메시스[6] 같은 나무숲에서 울리는 소리는 불평을 늘어놓았다가 물러났다 하는 것 같았다. 존은 언니와 마찬가지로 깊이 잠든 키스마인을 바라보았다.

4시가 지나고 한참 후에 존은 그들이 걸었던 길을 그대로 따라오는 발소리를 들었다. 그 발소리의 주인들이 자신이 앉아 있는 안전한 지점을 지나칠 때까지 그는 숨을 죽이고 기다렸다. 어렴풋하게 동요하는 소리가 들렸지만 사람이 내는 소리는 아니었고, 이슬은 차가웠다. 곧 새벽이 올 터였다. 존은 발소리가 산 위로 확실히 멀어지고 더 이상 들리지 않을 때까지 기다렸다가 그 뒤를 따라갔다. 가파른 정상까지 반쯤 올랐는데, 나무들이 쓰러져 있고 단단한 바위가 그 아래 다이아몬드 산 너머로 넓게 펼쳐져 있었다. 그는 이 지점에 도착하기 직전에, 바로 앞에 생명체가 있다는 동물적인 육감을 느끼고 걸음을 늦췄다. 그는 높다란 바위 앞에 서서 그 너머로 고개를 천천히 들었다. 호기심 덕택에 뜻밖에도 다음 장면을 볼 수 있었다.

아무 소리도 들리지 않고 생명체의 낌새도 전혀 보이지 않는 회색 하늘을 배경으로 브래덕 워싱턴이 꼼짝 않고 서 있었다. 동쪽에서 새벽이 차가운 초록빛을 내비치며 올라올 때, 이 외로운 인간과 새로운 날은 비교할 수 없을 만큼 대조적이

6 그리스 신화에 나오는 인과응보의 여신.

었다.

존은 이 집주인이 잠시 수수께끼 같은 명상에 잠긴 것을 보았다. 얼마 후에 그가 발치에 웅크려 있던 흑인 둘에게 그들 사이에 놓인 짐을 들라는 신호를 보냈다. 그들이 간신히 일어설 때, 노란빛 첫 햇살이 절묘하게 연마된 커다란 다이아몬드의 수많은 프리즘을 통과하며 백색 광휘가 샛별의 한 조각처럼 빛을 발했다. 짐꾼들은 잠시 짐의 무게에 비틀거렸지만, 젖어서 번들거리며 출렁이던 피부 밑 근육이 곧 단단해졌다. 세 사람은 자신의 무능함에 저항하며 하늘 앞에서 다시 꼼짝하지 않았다.

얼마 후 백인이 고개를 치켜들고 주의를 모으는 사람처럼 천천히 두 팔을 들어 올렸다. 수많은 군중을 향해 자기 말을 들으라며 소리치는 자 같았다. 그러나 이곳에 관객이라고는 산과 하늘의 커다란 침묵뿐이었고, 가끔씩 나무에서 새소리만 희미하게 들려왔다. 바위 위에 있던 그가 진중하게, 그리고 무한한 자부심에 차서 말을 시작했다.

그가 떨리는 목소리로 말했다. "거기 당신이시여, 거기 당신이시여!" 그는 말을 멈추었다. 여전히 두 팔을 쳐들었고, 대답을 기다리는 듯이 고개를 세웠다. 존은 산을 내려가는 사람이 있는지 보려고 두 눈을 가늘게 떴지만 인간이라고는 없고, 하늘과 나무 꼭대기를 지나는 바람 소리뿐이었다. 기도를 드리는 것일까? 존은 잠시 궁금해하다가 곧 상황을 깨달았다. 그의 태도에는 기도와 정반대되는 분위기가 느껴졌다.

"오, 거기 위의 당신이시여!"

그의 목소리가 확신에 넘쳐서 더 강해졌다. 절망적인 탄원은 아니었다. 그보다는 어처구니없을 정도로 생색을 내는 것 같았다.

"거기 당신이시여."

그가 속사포처럼 단어를 내뱉었기 때문에 무슨 말인지 알아듣기 힘들었다. 존은 숨이 막힐 지경까지 귀를 기울이면서 그의 말을 띄엄띄엄 이해했다. 목소리는 끊어졌다가 다시 이어지다가 다시 끊어지면서 강하고 논쟁적이다가 수수께끼처럼 천천히 안달을 부리기도 했다. 그의 말을 듣고 있는 유일한 청자로서 존은 차차 확신을 느끼기 시작했고, 동시에 동맥을 타고 피가 빠르게 흐르기 시작했다. 브래덕 워싱턴은 신에게 뇌물을 제안하고 있었다!

바로 그러했다. 의심의 여지가 없었다. 그의 노예들이 든 다이아몬드는 미리 보여 주는 견본이자 앞으로 더 많을 것이라는 약속이었다.

그의 말들을 관통하는 단서는 바로 그것이라고, 존은 얼마 후에 깨달았다. 부자가 된 프로메테우스가 잊힌 제사와 잊힌 예식 그리고 그리스도가 태어나기 이미 오래전에 구식이 되어 버린 기도를 증명해 달라고 외치고 있었다. 그는 신이 인간에게서 받아들였던 이런저런 선물을 새삼 언급했다. 신은 역병에 걸린 도시를 구해 주는 대신 대교회를 받았다. 몰약과 황금, 아름다운 여인과 포로, 어린아이와 여왕의 목숨, 숲과 들의 짐승, 양과 염소, 수확물과 도시, 욕망의 대가로 바쳐진 정복지, 신을 달래기 위한 피, 신의 분노를 진정시킬 만한 것 등이었다. 그리고 지금 다이아몬드의 제왕이며, 황금시대의 왕이자 제사장, 사치와 호사의 중재자인 브래덕 워싱턴이 이전의 왕들이 상상도 못 했던 재물을 내놓겠다는 것이었다. 탄원하기 위해서가 아니라 자부심에 가득 차서.

그는 좀 더 구체적으로 이야기를 전개했다. 세상에서 가장 큰 다이아몬드를 신에게 바치겠노라고 했다. 나무에 달린 나뭇잎보다 더 많게 수천 조각으로 절단되더라도 이 다이아몬드는 파리 새끼만 한 돌처럼 완벽한 모양을 갖출 것이다. 여러 사람이 오랫동안 이 일에만 매달릴 것이다. 세팅된 다이아몬드는 금박을 한 거대한 반원 지붕에 아름답게 조각되고 오팔과 사파이어의 문(門)을 갖출 것이다. 중앙에 구멍을 만들어, 무지갯빛으로 분해되며 계속 빛깔이 변하는 라듐 제단을 갖춘 예배당을 세울 것이다. 예배하는 이가 기도하다가 고개를 들었다가는 누구라도 그 눈이 다 타 버릴 것이다. 신을 기쁘게 하기 위해서라면 이 제단에서 그가 선택한 누구라도 살해될 것이다. 그 희생자가 가장 위대하고 강력한 사람이라 할지라도.

그 보답으로 워싱턴은 아주 간단한 것 하나만 요구했다. 신이라면 너무나도 쉽게 해 줄 수 있는 일이다. 바로 어제의 이 시간으로 되돌려 주고 계속 그 상태로만 있게 해 주면 되는 것이다. 그러니 얼마나 간단한가! 하늘이 열려서 비행기들과 조종사들을 삼키고 다시 닫히면 그만이다. 노예들이 다시 건강하게 생명을 얻어서 돌아오면 된다.

지금까지는 그가 대접하거나 홍정해야 할 사람이 아무도 없었다.

그는 자기의 뇌물이 충분한지만 걱정했다. 물론 신에게도 신만의 가격이 있다. 신은 인간의 형상으로 만들어졌으니, 자신만의 가치가 있다고들 했다. 더욱이 그 가치는 유례가 없는 것이다. 여러 해 만에 건축된 성당이나 만 명의 일꾼이 일구어 낸 피라미드도 이 성당, 이 피라미드와는 같지 않을 것이다.

그는 여기에서 말을 멈추었다. 거기까지가 그의 제안이었다. 모든 것이 그가 약속한 그대로일 것이며, 야박하지는 않을 것이라는 그의 단언도 전혀 저속해 보이지 않았다. 그는 신에게 자신의 제안을 받아들이거나 그냥 놔두라고 넌지시 비쳤다.

그의 말이 끝나 가면서 문장이 끊어지고 짧아지고 불확실해졌다. 그의 몸이 굳은 것 같았다. 자기 주변의 공간에서 발생하는 극히 미묘한 압력이나 생명체의 속삭임 하나도 놓치지 않으려고 긴장한 듯했다. 그가 말하는 사이에 머리칼이 점차 회색으로 변했다. 이제 그는 고대 예언자처럼 하늘로 고개를 높이 쳐들었다. 당당한 광인의 모습이었다.

존은 머리가 빙그르 돌고 뭔가에 홀린 것처럼 시선을 집중했다. 그때 기묘한 현상이 벌어지기 시작했다. 하늘이 잠시 어두워지고, 돌풍 속에서 급작스러운 웅얼거림이 들렸다. 멀리서 트럼펫 소리가 나고, 커다란 실크 가운이 마찰하는 듯한 한숨 소리가 들렸다. 잠시나마 주변의 모든 자연이 이 어둠에 동참했다. 새는 노래를 멈추고 나무는 고요해졌다. 멀리 산 너머로 위협적인 천둥소리가 둔중하게 울렸다.

그게 전부였다. 바람은 계곡의 키 큰 풀숲을 따라 잦아들었다. 새벽과 한낮은 다시 제자리를 찾았고 떠오른 태양은 앞의 길을 환하게 밝히며 노란 안개로 자욱한 뜨거운 파도를 보냈다. 햇볕을 받으며 나뭇잎들이 웃어 대자 나무가 다 흔들리고, 나뭇가지 하나하나가 요정 나라의 여학교 같았다. 신이 뇌물을 거부한 것이다.

존은 잠시 한낮의 승리를 지켜보았다. 몸을 돌려 보니 호숫가에 갈색 물결이 퍼덕이고 있었다. 황금빛 천사가 구름에서 내려와 춤추는 것 같았다. 비행기가 착륙한 것이다.

존은 바위에서 몸을 일으켜 산기슭의 나무숲으로 달려갔다. 잠에서 깬 두 소녀가 그를 기다리고 있었다. 키스마인이 벌떡 일어났다. 주머니에서 보석이 딸랑거리고, 질문을 머금은 입술이 벌어졌다. 그러나 존은 이야기할 시간이 없다는 것을 본능적으로 깨달았다. 잠시도 지체하지 말고 산에서 도망쳐야 한다. 그는 두 소녀의 손을 하나씩 붙잡았다. 그들은 아무 말 없이 나무 사이를 뚫고 나가면서 빛과 피어오르는 안개를 담뿍 받았다. 뒤쪽의 계곡에서는 아무 소리도 들리지 않았다. 멀리서 공작새가 불평하는 듯한 소리와 나지막하고 즐거운 아침의 소리만 들려왔다.

그들은 1킬로미터도 채 못 가서 정원을 피해 그다음의 언덕으로 이어지는 좁은 길을 택했다. 언덕 정상에서 걸음을 멈추고 사방을 둘러보았다. 그들의 시선이 조금 전에 지나온 산 쪽으로 꽂혔고, 그들은 곧 비극이 닥칠 거라는 모호한 느낌에 짓눌렸다.

하늘을 등지고 비탄에 잠긴 한 백발의 남자가 천천히 가파른 경사지를 내려오고 있었다. 그 뒤로 무표정하고 거대한 흑인 둘이 여전히 태양에 번쩍이는 짐을 지고 따라왔다. 그 아래쪽에서 두 사람이 더 합류했다. 존은 그들이 워싱턴 부인과 아들이며, 부인이 아들의 팔에 기대어 있다는 것을 알았다. 조종사들은 비행기에서 내려 성 앞의 너른 잔디밭으로 나갔다. 그리고 총을 들고 전초전 대열로 다이아몬드 산을 향해 돌진했다.

멀리 위에서 작은 대열을 이룬 다섯 명이 모든 목격자들의 시선을 받으며 바위 위에 멈춰 섰다. 흑인들이 몸을 숙여서 산 옆쪽으로 비밀 문 같은 것을 잡아당겼고 일행 모두 그 안으로 사라졌다. 백발의 남자가 먼저 들어갔고 다음은 부인과 아들, 마지막으로 흑인들이었다. 흑인들의 머리에 있던 보석 박힌 화려한 장식 끄트머리가 잠시 태양에 반짝이더니 곧 비밀 문이 내려와 모두를 삼켰다.

키스마인이 존의 팔을 잡고 흥분해서 외쳤다. "아, 어딜 가는 거지? 뭘 하려는 거야?"

"지하에 피난처가 있나……."

두 소녀의 입에서 작은 외침이 터져 나와 그의 말을 가로막았다.

키스마인이 신경질적으로 흐느끼며 말했다. "모르겠어? 산에 장치가 되어 있다고!"

그녀의 말을 들으며 존은 두 손을 들어 올려 눈을 가렸다. 산 표면 전체가 갑자기 화려하게 노란색으로 타올랐다. 사람의 손가락 틈으로 빛이 새어 나오듯이 잔디밭 사이로 노란빛이 쏟아져 나왔다. 견디기 힘들 정도로 강렬한 빛이 쏟아지다가 필라멘트가 꺼지듯이 사라지고 검은 잔해만 남았다. 그 잔해에서 서서히 푸른 연기가 피어올라 남아 있는 식물과 인간의 몸을 모두 앗아 갔다. 조종사들의 피도, 뼈도 남은 게 없었다. 그들은 안으로 들어간 다섯 영혼과 마찬가지로 완전하게 소멸되었다.

그와 동시에 성이 문자 그대로 허공으로 날아올라 엄청난 굉음을 내면서 연기를 터트렸다. 그리고 성은 연기 덩어리처럼 호수 위로 반쯤 튀어 올랐다가 가라앉았다. 불길 하나 없었다. 남았던 연기는 햇빛과 뒤섞여 흘러갔고, 대리석 가루 먼지가 한때 보석의 저택이던 거대한 무형의 더미 위를 잠시 떠다녔다. 아무런 소리도 들리지 않았다. 계곡에는 세 사람뿐이었다.

11

해가 질 무렵 존 일행은 워싱턴가 영토와 경계를 이루던 높은 절벽으로 올라가 뒤를 돌아보았다. 어둑어둑한 황혼에 물든 계곡이 조용하고 아름다워 보였다. 그들은 자리를 잡고 앉아 재스민이 바구니에 담아 온 음식을 마저 먹었다.

재스민이 식탁보를 펼치고 샌드위치를 깔끔하게 쌓아 올리며 말했다. "저기, 맛있어 보이지 않아? 밖에서 먹으면 더 맛있을 거라고 늘 생각했어."

"그런 말을 하는 걸 보니 언니도 이제 중산층이네." 키스마인이 말했다.

존이 진지하게 말했다. "이제 주머니에 어떤 보석을 담아 왔는지 꺼내 보자. 선택을 잘했다면 우린 평생 편안하게 살 수 있을 거야."

키스마인이 고분고분하게 주머니에 손을 넣었다가 반짝이는 돌 두 움큼을 존 앞으로 던졌다.

존이 흥분해서 "괜찮은데. 아주 크진 않지만, 어!"라고 말하면서 지는 햇빛에 돌 하나를 들어 비춰 보았다. 그의 표정이 바로 돌변했다. "어, 이건 다이아몬드가 아니잖아! 큰일인데!"

키스마인이 깜짝 놀라 외쳤다. "어머! 난 정말 바보야!"

"그래, 이건 인조 보석이야!" 존이 큰 소리로 대꾸했다.

키스마인이 웃음을 터트렸다. "나도 알아. 다른 서랍을 열었나 봐. 언니가 초대했던 여자애의 드레스에 달려 있던 건데 다이아몬드와 바꿨지. 준보석은 처음 봤거든."

"그래서 그걸 가져온 거야?"

그녀는 빛나는 돌들을 만지작거리며 잠시 생각에 잠겼다. "그런 것 같아. 난 이게 더 좋은데. 다이아몬드는 좀 싫증이 났거든."

존이 우울하게 말했다. "좋기도 하겠다. 우린 헤이즈에서 살아야 할 거야. 시간이 흘러 네가 늙은 뒤에, 그때 보석이 든 서랍이 아닌 다른 서랍을 열었다고 말하면 다른 여자들이 믿질 않겠지. 불행히도 네 아버지의 수표책도 함께 날아갔단 말이야."

"음, 헤이즈가 어때서?"

"내가 이 나이에 아내까지 데려가면 아버지가 뜨거운 숯으로 날 어떻게 할지도 몰라. 거기 아래에선 그렇게 말하지."

재스민이 입을 열고 나지막하게 말했다. "난 빨래가 좋아. 늘 내 손수건을 직접 빨았거든. 내가 세탁업을 해서 너희 둘 다 부양할게."

"헤이즈에도 세탁부가 있어?" 키스마인이 순진하게 물었다.

존이 대답했다. "물론이지. 다른 데나 마찬가지야."

"나는 말이지, 너무 더워서 옷을 안 입을지도 모른다고 생각했거든."

존이 크게 웃더니 이렇게 제안했다.

"한번 그렇게 해 봐. 네가 옷을 다 벗기도 전에 쫓겨날걸."

"아버지가 거기 계실까?" 그녀가 물었다.

존이 놀라서 그녀를 바라보다가 침울하게 말했다. "네 아버지는 돌아가셨어. 또 왜 헤이즈에 가시겠어? 오래전에 없어진 다른 곳과 혼동했나 보다."

저녁 식사를 마친 그들은 식탁보를 접고 밤을 지새울 참으로 담요를 펼쳤다.

키스마인이 한숨을 쉬며 별을 올려다보았다. "대단한 꿈이었어. 입을 거라고는 이 드레스 하나뿐인 데다가 무일푼인 약혼자와 여기 있다니 정말 이상해! 그것도 별빛 아래에서 말이지. 전에는 별이 있다고 인식해 본 적이 없어. 늘 다른 사람에게 속한 커다란 다이아몬드라고 생각했지. 이제 별이 두려워. 별은 모든 게 꿈이었다고, 내 젊음이 모두 꿈이었다고 느끼게 해."

존이 조용히 말했다. "그래, 모든 이들의 젊음은 꿈이야. 일종의 화학적인 광기야."

"미친다는 게 얼마나 즐거운지!"

존이 침울하게 말했다. "그렇다고 들었어. 그 이상은 나도 몰라. 어쨌든 일 년 정도는 우리 서로 사랑하자. 그게 우리로서는 유일하게 신처럼 마취될 수 있는 시도이니까. 이 세상에는 다이아몬드들이 있어. 또 다이아몬드와 환멸이라는 시시껄렁한 선물이 있겠지. 음, 그건 마지막에 갖고 무시해 버릴래."

그가 몸을 떨었다. "코트 깃을 올려. 넌 아직 어려서 이 추운 밤에 폐렴에 걸릴 수도 있어. 의식(意識)이라는 것을 처음 만들어 낸 자는 큰 죄를 지은 거야. 우리 몇 시간만이라도 다 잊어버리자."

존은 담요를 뒤집어쓰고 잠이 들었다.

'분별 있는 일'

1

그 '위대한 미국의 점심 시간'이 되자 젊은 조지 오켈리는 흥미 있는 듯한 태도로 책상을 신중하게 정돈했다. 주위 상황에 일의 성패가 달려 있기 때문에 사무실 안의 누구도 그가 서두르고 있다는 것을 눈치채게 해서는 안 되었다. 또한 그가 업무에 신경을 쓰지 않고 700마일이나 떨어진 곳의 일에 정신이 팔려 있다는 사실을 드러내는 것도 바람직하지 않았다.

그러나 일단 건물 밖으로 나오자 그는 이를 악물고 이따금씩 타임스 스퀘어[7]를 가득 메우고 군중의 머리 위 20피트가 안 되는 곳에서 어슬렁거리는 초봄의 유쾌한 정오 풍경을 바라보며 달리기 시작했다. 군중은 하나같이 약간 위쪽을 바라보며 3월의 공기를 깊이 들이마셨으며, 태양 빛에 눈이 부셔

7 미국 뉴욕 시의 중앙부에 있는 광장으로 부근에는 극장과 음식점이 많다.

하늘에 반사된 자신의 모습을 바라볼 뿐 어느 누구도 다른 사람의 모습을 바라볼 수 없었다.

마음이 700마일 떨어진 곳에 가 있는 조지 오켈리에게는 이런 바깥 풍경이 두렵게 생각되었다. 그는 서둘러 지하철을 타고 95블록을 달리면서 지난 십 년 동안 자신이 성공할 확률이 다섯에 하나밖에 되지 않았다는 것을 여실히 보여 주는 차내 광고를 미친 듯이 쳐다보았다. 137번 도로에서 상업 미술에 대한 연구를 끝내고 지하철을 빠져나와 다시 달리기 시작했다. 이번에는 별 볼 일 없는 지역 한가운데 자리 잡고 있는 끔찍스러운 고층 아파트의 방 한 칸짜리 집을 향해 달리는, 피곤하지는 않지만 불안한 발걸음이었다.

옷장 위에는 성스러운 종이에 성스러운 잉크로 적은 그 편지가 놓여 있었다. 뉴욕 시내 사람들은 조금만 귀를 기울이면 아마 조지 오켈리의 가슴 뛰는 소리를 들을 수 있었을 것이다. 그는 쉼표와 잉크 자국, 종이 가장자리에 찍힌 엄지손가락 얼룩까지 빠뜨리지 않고 읽었다. 그러고 나서 절망을 느끼며 침대 위에 몸을 던졌다.

그는 지금 곤경에 빠져 있었다. 가난한 사람들의 삶에서 흔히 일어나고 마치 육식조(肉食鳥)처럼 가난을 쫓아다니는 그런 곤경 말이다. 가난한 사람들은 어떻게든 그들 방식대로 실패하기도 하고 성공하기도 하며, 잘못되기도 하고 계속 살아가기도 한다. 그러나 조지 오켈리에게 가난은 너무나 생소한 것이라서 만약 누군가가 그에게 남들과 하나도 다를 바 없는 경우라고 말한다면 그는 아마 깜짝 놀랄 것이다.

이 년 전쯤 그는 매사추세츠 공과 대학[8]을 우등으로 졸업하고 테네시 주 남부에 있는 한 회사에 건설 엔지니어로 취직을 했다. 지금까지 살아오면서 터널이며 마천루며 거대하고 땅딸막한 댐이며, 무희들이 도시만큼 큰 머리에 강철 와이어로 된 스커트를 입고 팔을 잡은 채 길게 늘어서 있는 것 같은 높은 탑이 세 개 치솟아 있는 교량의 관점에서 모든 것을 생각해 왔다. 조지 오켈리에게는 강의 물줄기와 산의 모양을 바꾸어 사람이 뿌리를 내리지 못한 황무지를 풍요로운 삶의 터전으로 만드는 일이 낭만적으로 보였다. 그는 강철을 사랑했고 꿈속에서도 그의 옆에는 언제나 강철이 있었다. 물처럼 용해된 강철이며, 막대로 된 강철이며, 블록과 빔이며, 형체가 없는 플라스틱 덩어리가 마치 물감과 캔버스처럼 그의 손길을 기다리고 있었다. 그가 지펴 놓은 상상의 불길 속에서 아름답고 꾸밈없이 다듬어질 강철은 그야말로 끝이 없었다…….

지금 그는 일주일에 40달러를 받는 보험 회사의 직원으로, 그의 꿈은 그에게서 점점 멀어져 가고 있었다. 그를 이런 견딜 수 없는 끔찍스러운 궁지로 몰아넣은 검은 머리의 작은 여자가 지금 테네시 주의 한 작은 도시에서 자신을 불러 주기만을 기다리고 있었다.

십오 분쯤 지나자 그가 전대(轉貸)해 사는 집주인 여자가 문을 두드리고는 마침 집에 돌아왔으니 점심을 먹지 않겠느냐고 화가 나도록 친절하게 물었다. 그는 고개를 내저으며 거절했지만 그녀로부터 방해를 받자 침대에서 일어나 전보를 썼다.

"편지 받고 실망했음. 바보처럼 겁을 먹고 헤어진다 생각

8 미국 매사추세츠 주 케임브리지에 위치한 사립 명문 공과 대학. 흔히 영어 약어인 'MIT'라고 부른다.

하니 안정을 찾을 수 없음. 왜 지금 당장 결혼할 수 없는지. 모든 일이 다 잘될 것임."

그는 잠시 망설이다가 거의 그의 글씨라고 알아볼 수 없는 글씨로 이렇게 덧붙여 썼다. "어쨌든 내일 6시 도착 예정."

전보문을 다 쓰자 그는 아파트에서 뛰쳐나와 지하철역 근처에 있는 전신국으로 달려갔다. 그가 지금 갖고 있는 재산이라고는 100달러도 채 되지 않았지만 편지 내용을 보면 그녀는 '불안한' 상태에 있었고, 그에게는 달리 선택의 여지가 없었다. 그는 그 '불안한'이라는 말이 무엇을 뜻하는지 잘 알고 있었다. 그녀는 정신적으로 의기소침한 상태에 있었으며, 그와 결혼해서 가난과 고통스러운 생활을 겪으리라는 생각은 그녀의 애정에 너무나 큰 부담감을 가져다주는 것이다.

조지 오켈리는 평소대로 회사로 달려갔는데, 달린다는 것은 이제 그에게 제2의 천성이 되다시피 하여 지금 그가 겪고 있는 긴장을 가장 잘 보여 주는 것 같았다. 그는 곧바로 부장실로 들어갔다.

"체임버스 씨, 말씀드릴 게 있습니다." 그는 숨을 몰아쉬며 말했다.

"그래, 무슨 일인가?" 부장은 한겨울의 유리창같이 차가운 시선으로 잔인할 만큼 아무런 감정 없이 그를 빤히 쳐다보았다.

"나흘간 휴가를 얻었으면 합니다."

"한데, 자넨 두 주일 전에 휴가를 다녀오지 않았나!" 체임버스 씨가 놀라서 말했다.

"그렇습니다." 얼빠진 듯한 젊은이는 그 말에 동의했다. "하지만 한 번 더 휴가를 얻어야겠습니다."

"지난번 휴가 때에는 어딜 갔었나? 고향 집에 갔었나?"

"아닙니다. 제가 간 곳은…… 테네시 주에 있는 어떤 곳이었습니다."

"그럼, 이번에는 어딜 다녀오려고?"

"저, 이번에도…… 테네시에 있는 곳입니다."

"어쨌든 자넨 일관성이 있군." 부장이 아무 감정 없이 말했다. "하지만 자네가 출장 다니는 세일즈맨으로 이 회사에 채용된 줄은 미처 몰랐는데."

"물론 그건 아니지요." 조지가 절망적으로 외쳤다. "하지만 반드시 다녀와야만 합니다."

"좋아." 체임버스 씨가 그의 말에 동의했다. "하지만 회사로 다시 돌아올 필요는 없네. 다시는 회사에 나오지 말라는 말이야!"

"알겠습니다!" 체임버스 씨는 물론이고 스스로 보기에도 놀라울 만큼 조지의 얼굴은 기쁨으로 붉게 상기되었다. 그는 행복감과 희열을 맛보았다. 여섯 달 만에 처음으로 비로소 완전히 자유의 몸이 된 것이다. 고마운 나머지 눈물을 글썽이며 그는 체임버스 씨의 손을 세게 움켜잡았다.

"고맙습니다." 그는 벅찬 감정을 억누르지 못하고 말했다. "회사에는 다시 돌아오고 싶지 않습니다. 만약 부장님이 회사에 다시 나와야 한다고 했다면, 아마 전 미쳐 버렸을 겁니다. 제 스스로 그만둘 순 없었으니까요. 부장님께 감사드립니다……. 그만두게 해 주셔서 말입니다."

그는 너그러운 태도로 손을 흔들면서 큰 소리로 말했다. "사흘치 급료를 받아야 하겠습니다만 받지 않겠습니다!" 그러고 나서 그는 사무실을 뛰쳐나왔다. 체임버스 씨는 속기사를 불러 오켈리가 최근 들어 이상해 보이지 않았는지 물어보았다. 지금까지 일을 해 오면서 적잖은 사람을 해고시켰지만, 그들은 하나같이 여러 가지 다른 태도로 그것을 받아들였다. 그러나 이제까지 해고시켜 줘서 고맙다고 인사를 하는 사람은 단 한 명도 없었던 것이다.

2

그 여자의 이름은 존퀼 캐리였다. 그를 발견하고 기차역의 플랫폼을 따라 열렬히 그에게로 달려올 때 그녀의 얼굴처럼 싱그럽고 창백해 보이는 모습을 존 오켈리는 일찍이 본 적이 없었다. 그녀는 그를 향해 두 팔을 벌렸고, 그의 키스를 기다리는 듯 입술을 반쯤 벌렸다. 그러나 갑자기 그리고 가볍게 그를 밀어내고 당황한 듯 주위를 돌아보았다. 조지보다 조금 젊어 보이는 청년 두 사람이 뒤에 서 있었다.

"크래독 씨와 홀트 씨예요." 그녀가 명랑하게 그들을 소개했다. "당신이 전에 여기 내려왔을 때 만난 적이 있어요."

키스 대신 소개를 받고 당황하면서 무슨 숨은 의도가 있지나 않나 생각하던 조지는 존퀼의 집까지 타고 갈 자동차가 그 두 청년 중 한 사람의 것이라는 걸 알고는 더욱 혼란스러움을 느꼈다. 차를 타고 가는 동안 존퀼은 앞뒤 좌석을 돌아보며 수다를 떨었다. 석양을 빌미 삼아 그가 한 팔로 그녀의 허리를 감으려고 하자 그녀는 그 대신 재빨리 자신의 손을 잡게 했다.

"이 길이 집으로 가는 길이야?" 그가 속삭이듯 물었다. "처음 보는 길 같은데."

"새로 생긴 길이에요. 오늘 이 차를 산 제리가 집에 데려다 주기 전에 나한테 보여 주려는 거예요."

그로부터 이십 분 뒤 존퀼의 집에 도착했을 때 조지는 재회의 첫 행복감, 아까 역에서 그녀의 두 눈동자에 뚜렷이 보였던 기쁨은 차를 타고 오는 바람에 사라져 버렸다. 자신이 기대하던 그 무엇인가가 우연이다 싶게 없어졌고, 그는 이런 생각을 하며 두 청년에게 무뚝뚝하게 작별 인사를 했다. 그러고 나서 존퀼이 현관의 흐릿한 전깃불 밑에서 친근하게 그를 끌어안고는 여러 가지 이야기로 (물론 가장 좋은 방법은 아무 말도 하지 않는 것이지만) 얼마나 보고 싶었는지 말해 주자 비로소 그의 울적한 기분이 사라졌다. 그녀의 애정 표시는 그에게 다시 확신을 가져다주었고, 걱정하던 그의 마음에 모든 일이 잘 풀리리라는 기대감을 심어 주었다.

마침내 함께 소파에 앉은 그들은 서로의 존재에 압도되어 단편적인 애정 표현 말고는 아무 말도 할 수 없었다. 저녁 식사 때 존퀼의 부모가 나타났고 조지를 보고 반가워했다. 그들은 그를 좋아했고 일 년 전 그가 처음 테네시에 왔을 때 그의 엔지니어 직업에 관심을 갖고 있었다. 그래서 조지가 그 일을 그만두고 무엇인가 빠른 시간 안에 많은 돈벌이를 할 수 있는 일을 찾아 뉴욕으로 떠났을 때 섭섭하게 생각했다. 그들은 그가 엔지니어 직업을 포기하는 데에 대해 아쉽게 생각하면서도 그를 이해하고 두 사람이 어서 약혼하기를 기대하고 있었다. 저녁 식사 동안 그들은 그의 뉴욕 생활에 대해 물어보았다.

"모든 일이 잘 되어 가고 있습니다." 그가 열을 올리며 말했다. "승진도 했고요……. 물론 월급도 올랐죠."

말은 이렇게 하면서도 그는 비참한 기분이 들었다. 그러나 그녀의 부모는 그렇게 흐뭇해할 수가 없었다.

“회사에서 자네를 좋아하는 게 확실해.” 캐리 부인이 말했다. “틀림없어……. 그렇지 않고서야 삼 주일 만에 두 번씩이나 여기까지 보내 줄 리가 없겠지.”

“휴가를 얻어야만 한다고 우겼습니다.” 그가 서둘러 변명했다. “보내 주지 않으면 회사를 그만두겠다고 했죠.”

“하지만 돈을 절약해야지.” 캐리 부인이 부드럽게 그를 꾸짖었다. “이렇게 돈 많이 드는 여행에 돈을 모두 써 버리면 안 되지.”

저녁 식사가 끝났다. 그와 존퀼 둘만 남게 되자 그녀는 다시 그의 팔에 안겼다.

“당신이 같이 있어서 정말 기뻐요.” 그녀가 한숨을 쉬며 말했다. “다시 돌아가지 않았으면 좋겠어요.”

“나를 정말 보고 싶었던 거야?”

“물론이지요. 아주 많이 많이요.”

“그런데도…… 다른 남자들이 자주 찾아와? 아까 두 친구들처럼 말이야?”

그 질문을 받고 그녀는 놀랐다. 검은 벨벳 같은 두 눈으로 그를 쳐다보았다.

“물론 그래요. 언제나 그러는걸요. 글쎄…… 편지에 그렇다고 했잖아요.”

그것은 사실이었다. 그가 처음 이 도시에 왔을 때 그녀 주위에는 벌써 열 명도 넘는 남자들이 있었고, 그들은 그녀의 그림같이 곱고 섬세한 모습에 사춘기 소년 같은 숭배를 바치고 있었다. 그리고 그중 몇 명은 그녀의 아름다운 눈이 또한 분별 있고 온화하다고 느끼고 있었다.

"그럼 당신은 내가 아무 데도 가지 않고 집에만 처박혀 있기를 바라는 거예요?" 존퀼은 소파 쿠션에 몸을 뒤로 기댄 채 마치 멀리 떨어진 곳에서 그를 바라보듯이 물었다. "그리고 팔짱을 끼고 앉아 가만히 기다리라는 말인가요? 언제까지나 영원히……."

"그게 무슨 뜻이야?" 그는 겁에 질려 말을 얼버무렸다. "당신과 결혼하기에 충분한 돈을 벌지 못할 것이라는 뜻이야?"

"아, 그렇게 성급하게 결론짓지 말아요, 조지."

"성급하게 결론짓는 게 아냐. 당신 말이 그렇잖아."

조지는 갑자기 자신이 위험한 처지에 놓여 있다는 사실을 깨달았다. 그날 저녁을 어떤 일로도 망칠 생각이 없었다. 그는 그녀를 다시 두 팔로 껴안으려고 했지만 그녀는 예상치 않게 그를 뿌리치고는 이렇게 내뱉었다.

"더워요. 선풍기 좀 가져와야겠어요."

선풍기를 틀어 놓은 뒤 그들은 다시 자리에 앉았다. 그러나 그는 신경이 아주 곤두서 있어 피하려 했던 이야기를 자신도 모르게 끄집어내고 말았다.

"언제 나와 결혼할 거야?"

"제가 당신과 결혼할 수 있도록 준비는 되어 있나요?"

갑자기 침착성을 잃고 그는 자리에서 벌떡 일어났다.

"제발 그 빌어먹을 선풍기 좀 끄라고!" 그가 소리쳤다. "미치겠어. 째깍거리는 소리로 당신과 함께 있을 시간을 모두 앗아가 버리는 시계와 같단 말이야. 내가 여기 온 것은 행복해지고 뉴욕과 시간에 관해 모든 걸 다 잊고 싶어서였는데……."

갑자기 자리에서 일어선 것처럼 그는 갑자기 다시 자리에 털썩 주저앉았다. 존퀼은 선풍기를 끄고 자기 무릎 위에 그의 머리를 올려놓고는 머리카락을 부드럽게 쓰다듬기 시작했다.

"우리 이렇게 좀 앉아 있어요." 그녀가 부드럽게 말했다. "이렇게 조용히 앉아 있자고요. 그리고 제가 잠들게 해 줄게요. 당신은 지금 너무 피곤하고 신경이 예민해져 있어요. 당신의 애인이 당신을 잘 보살펴 줄게요."

"하지만 이렇게 앉아 있긴 싫어." 그는 갑자기 몸을 일으키며 불평을 늘어놓았다. "이렇게 그냥 있기 싫단 말이야. 나에게 키스를 해 줘. 그래야만 난 편히 쉴 수 있어. 그리고 어쨌든 지금 난 신경이 날카롭지 않아……. 신경질적인 것은 오히려 당신이야. 난 전혀 그렇지 않다고."

자신이 신경질적이지 않다는 것을 증명이라도 하듯 그는 소파에서 벌떡 일어나 방 건너편에 있는 안락의자로 가서 털썩 주저앉았다.

"당신과 결혼할 준비가 되어 있는 바로 그때, 그런 신경질적인 편지나 써 보내고 말이야. 마치 나에게서 떠나갈 것처럼. 그러니 이렇게 달려오지 않을 수 있겠느냐고……."

"오고 싶지 않으면 오지 않아도 괜찮아요."

"하지만 오고 싶은걸!" 그가 따지듯 말했다.

그는 자신이 아주 냉철하고 논리적인데 그녀가 일부러 모든 것을 자기 탓으로 돌리고 있는 것처럼 생각했다. 대화를 나누면 나눌수록 그들은 점점 더 서로에게서 멀어져 갔다. 그래도 그는 자신을 억제하거나 자신의 목소리에서 근심과 고통을 지울 수가 없었다.

그러나 존퀼은 곧 서럽게 흐느껴 울기 시작했고, 그는 소파로 돌아와 그녀를 한 팔로 감싸 안았다. 이번에는 그가 위로하는 입장이 되어 그녀의 머리를 자신의 어깨에 기대게 하고,

그녀가 마음을 진정하고 자신의 두 팔에 안겨 간헐적으로 약간 몸을 떨 때까지 옛날의 친근한 일들을 속삭여 주었다. 저녁 피아노 소리가 집 밖 길거리에 마지막 선율을 쏟아 놓는 동안 그들은 한 시간 이상 그렇게 앉아 있었다. 앞으로 닥쳐올 재앙을 예감하면서 무감각 상태에 빠진 조지는 몸을 움직이지도, 무엇인가 생각하지도, 무엇인가 바라지도 않았다. 시계는 11시가 지나고 12시가 지날 때까지 계속 똑딱거릴 것이고, 그러면 캐리 부인이 난간 위에서 부드러운 목소리로 부를 것이다. 그것 말고 그가 생각할 수 있는 것이라고는 오직 내일 닥쳐올 일과 그것에 대한 절망감뿐이었다.

3

이튿날 한낮에 마침내 올 것이 오고 말았다. 그들은 서로 상대방의 진심을 짐작하고 있었지만 둘 중 좀 더 현실을 인정할 준비가 되어 있는 쪽은 그녀였다.

"이런 식으로 계속할 필요는 없어요." 그녀가 비참하게 말했다. "당신이 보험 회사 일을 싫어한다는 건 당신 자신도 잘 알고 있잖아요. 그곳에서는 결코 성공할 수 없을 거예요."

"그게 문제가 아냐." 그가 고집스럽게 말했다. "난 혼자서 해 나가는 게 싫은 거야. 당신이 나하고 결혼해서 우리 운명을 함께 개척해 나간다면, 난 무슨 일이든 잘할 수 있어. 하지만 당신을 여기에 두고 걱정하고 있는 한 아무것도 할 수 없단 말이야."

그녀는 이 말에 대답하기 전 한참 동안 굳게 입을 다물고 있었다. 그렇다고 생각에 잠긴 것도 아니었다. 그녀에게는 이미 결말이 보였다. 다만 기다리고 있을 뿐이었다. 왜냐하면 한마디 말이 마지막 결별보다 더 잔인하다는 것을 잘 알고 있었기 때문이다. 마침내 그녀가 입을 열었다.

"조지, 당신을 진심으로 사랑해요. 당신 아닌 다른 누군가를 사랑한다는 건 상상할 수도 없어요. 만약 두 달 전에 당신이 결혼할 준비가 되어 있었더라면 전 결혼했을 거예요……. 하지만 지금은 안 돼요. 그건 분별 있는 일처럼 보이지 않거든요."

그는 그녀에게 거세게 비난을 퍼부었다. 누군가 다른 남자가 있는 모양이라고 말이다. 자기에게 무엇인가를 숨기고 있는 것이 아니고서야!

"아니에요. 당신 말고는 아무도 없어요."

그녀의 말은 사실이었다. 그녀는 조지와의 관계에서 오는 정신적 긴장 때문에 제리 홀트 같은 젊은이들과 어울리며 위안을 찾았지만, 그 젊은이들은 그녀의 삶에 아무런 의미도 없었다.

그러나 조지는 상황을 전혀 받아들이지 않았다. 두 팔로 그녀를 끌어안고 키스를 퍼부어 당장 결혼하도록 만들다시피 했다. 이 일이 실패로 돌아가자 그는 자기 연민에 빠져 오랫동안 혼자 중얼거리다가 그녀의 눈에 자신이 비열한 존재로 비치는 것을 깨닫고서야 그만두었다. 정말 그럴 생각도 없으면서 그녀 곁을 떠나겠다고 위협했다. 그러나 그녀가 막상 그렇게 하는 것이 가장 좋은 방법이라고 말하자 그는 떠나기를 거부했다.

처음 얼마 동안 그녀는 미안하게 생각했지만 그다음부터

는 그에게 그저 친절하게 대할 뿐이었다.

"이제 그만 가도록 하세요." 그녀가 마침내 큰 소리로 말했다. 너무 큰 소리로 말하는 바람에 캐리 부인이 놀라 아래층으로 내려왔다.

"무슨 일이 있는 거야?"

"전 지금 떠날 겁니다, 캐리 부인." 조지가 슬픔에 잠겨 말했다. 존퀼은 이미 방에서 나가 버렸다.

"너무 언짢게 생각할 필요는 없어, 조지." 캐리 부인은 어찌할 수 없다는 듯 동정 어린 눈으로 그에게 눈을 깜빡였다. 이 작은 비극이 거의 결말이 났다는 사실에 한편으로는 미안함을 느끼고 다른 한편으로는 안도감을 느끼면서 말이다. "내가 자네라면 한두 주일 동안 어머니한테 가 있겠어. 어쩌면 그렇게 하는 것이 분별 있는 일일지도 몰라……."

"아무 말씀도 하지 마세요." 그가 큰 소리로 말했다. "제발 지금은 아무 말도 듣고 싶지 않아요!"

분(粉)과 루주와 모자 속에 슬픔과 불안한 마음을 모두 집어넣고는 존퀼이 다시 방으로 들어왔다.

"택시를 불렀어요." 그녀가 아무 감정을 드러내지 않고 말했다. "기차가 떠날 때까지 우리 드라이브나 해요."

그녀는 현관 밖으로 걸어 나갔다. 조지는 웃옷을 입고 모자를 쓰고 지친 상태로 잠시 홀에 서 있었다. 뉴욕을 떠난 이후 거의 먹은 것이 없었다. 캐리 부인이 다가와 그의 머리를 끌어내려 뺨에 키스를 했다. 일이 끝에 가서 우습게 되어 버렸다는 사실을 깨닫자 그는 아주 우스꽝스럽다는 생각이 들었다. 차라리 엊저녁에 떠났더라면 좋았을걸. 적어도 자존심을 지키고 마지막으로 떠날 수 있었을 텐데 말이다.

택시가 왔고, 한때 연인이었던 두 사람은 차들이 뜸한 거리를 따라 한 시간 동안 드라이브했다. 그는 그녀의 손을 잡았고, 태양이 밝게 빛나자 마음이 좀 더 차분히 가라앉았다. 이제 더 할 일도, 할 말도 없다는 사실을 알았지만 너무 늦은 일이었다.

"다시 돌아올 거야." 그가 그녀에게 말했다.

"그러겠지요." 그녀는 애써 목소리에 유쾌한 믿음을 불어넣으려고 하면서 대답했다. "그리고 우리 서로 편지를 보내기로 해요……. 가끔씩요."

"아냐." 그가 말했다. "우리 편지는 쓰지 말자고. 그건 참을 수 없어. 언젠가 꼭 돌아올 거야."

"당신을 영원히 잊지 않을게요, 조지."

그들은 역에 도착했고, 그녀는 그가 기차표를 살 때 그와 같이 갔다.

"어, 조지 오켈리와 존퀼 캐리잖아!"

그들은 조지가 이 도시에서 일하고 있을 때 알고 지내던 남녀였다. 존퀼은 그들과 인사를 나누게 되어 안도감을 느끼는 것 같아 보였다. 그들은 오 분 동안 쉬지 않고 서서 이야기를 나누었다. 그러고 나자 기차가 요란한 소리를 내며 역으로 들어왔고, 조지는 얼굴에 고통의 표정을 제대로 감추지도 못한 채 존퀼에게 두 팔을 내밀었다. 그녀는 그를 향해 불안한 발걸음을 옮겨 놓고 마치 우연히 만난 친구를 전송이라도 하듯 재빨리 그의 손을 잡았다.

"잘 가요, 조지." 그녀가 말했다. "즐거운 여행이 되세요."

"잘 가게, 조지. 꼭 돌아와서 다시 한 번 만나자고."

너무 고통스러워 아무것도 눈에 보이지 않는 그는 여행

가방을 들고 어리벙벙한 상태로 기차에 올라탔다.

요란한 종소리가 울리는 건널목을 지나 탁 트인 교외를 통과하여 기차는 기울어 가는 황혼을 향해 속력을 내기 시작했다. 그가 그녀의 잠과 더불어 과거 속으로 사라지기 전에 어쩌면 그녀도 그 석양을 바라보면서 잠시 걸음을 멈추고 뒤를 돌아보며 추억에 잠길지도 모른다. 그러나 그날 밤의 석양은 그의 청춘의 태양과 나무와 꽃과 웃음을 영원히 덮어 버릴 것이다.

4

그 이듬해 9월 어느 축축한 오후, 얼굴이 짙은 구릿빛으로 그을린 한 청년이 테네시 주의 한 도시 기차역에 내렸다. 그는 불안한 듯 주위를 둘러보고는 역에 자신을 마중 나온 사람이 아무도 없다는 점을 확인하고 안심하는 것처럼 보였다. 그는 곧장 택시를 타고 그 도시에서 가장 고급 호텔로 가서 만족스럽게 숙박부에 '조지 오켈리, 페루, 쿠스코[9]'라고 적었다.

방으로 올라간 그는 잠시 동안 창가에 서서 낯익은 거리 모습을 내려다보았다. 그러고 나서 약간 떨리는 손으로 수화기를 들어 전화를 걸었다.

"존퀼 양 집에 있습니까?"

"전데요."

"오……." 그의 목소리는 약간 흔들렸지만 곧 평정을 되찾

9 페루 남부의 도시로 고대 잉카 문명의 유적이 남아 있다.

고 다정하면서도 격식을 차린 어조로 말을 이었다.

"나 조지 롤린스야. 내 편지 받았어?"

"네, 오늘쯤 도착하리라고 생각하고 있었어요."

차갑고 침착한 그녀의 목소리에 그는 왠지 불안을 느꼈지만 그가 염려했던 만큼은 아니었다. 그녀의 음성은 전혀 흥분되지 않은 낯선 사람의 목소리로, 그를 다시 만나게 되어 반가운 듯했다. 그러나 그것이 전부였다. 그는 수화기를 내려놓고 숨을 돌리고 싶었다.

"우리 못 만난 지…… 꽤 오래되었지." 그는 가까스로 스스럼없는 어조로 말했다. "벌써 일 년이 지났잖아."

그러나 그는 그것이 얼마나 오랜만인지 잘 알고 있었다. 정확히 며칠째인지도 말이다.

"다시 이렇게 이야기를 나누게 되어 정말 기뻐요."

"한 시간 뒤에 그리로 갈게."

그는 전화를 끊었다. 기나긴 네 계절을 지나면서 그는 한가할 때마다 이 순간을 기다려 왔고, 마침내 지금 바로 그 순간이 온 것이다. 그는 이미 그녀가 결혼했거나 약혼을 했거나 아니면 누군가와 사랑에 빠져 있을지도 모른다고 생각했다. 그러나 그가 돌아온 것에 대해 이렇게 담담할 줄은 미처 생각하지 못했다.

지금까지 그가 겪은 열 달 같은 시간은 이제 그의 삶에서 두 번 다시는 없을 것이다. 그는 젊은 엔지니어치고는 누가 봐도 꽤 훌륭하다고 인정할 만큼 업적을 쌓았다. 현재 보기 드물게 두 군데에서 일자리 제의를 받고 있었는데, 하나는 지금 막 돌아온 페루에서의 일자리였고 다른 하나는 그 결과라고 할 뉴욕에서의 일자리였다. 지금 그는 뉴욕을 향해 가고 있는 중이다. 이렇게 짧은 기간에 그는 가난으로부터 무한한 가능성의 지위로 뛰어오른 것이다.

그는 화장대의 거울을 통해 자신을 바라보았다. 피부가 햇볕에 타서 거의 검은색을 띠고 있었지만 어딘지 낭만적인 분위기를 자아냈다. 그래서 지난 한 주일 내내 자신의 피부색에 대해 생각할 때마다 꽤 기분이 좋은 편이었다. 강건한 체격도 마음에 들었다. 어디에선가 한쪽 눈썹을 일부 잃어버렸고, 무릎에는 아직 고무 붕대를 감고 있지만 그는 여전히 젊었고 미국으로 오는 기선 안에서 수많은 여자들이 자신에게 예사롭지 않은 찬사의 눈길을 보내고 있다는 걸 눈치챌 수 있었다.

물론 그의 차림새는 말이 아니었다. 리마[10]에 있는 한 그리스 재단사가 그의 옷을 만들었다. 그것도 이틀 만에 서둘러서 말이다. 젊은 기분에 그는 존퀼에게 보낸 짤막한 편지에서 옷차림이 그렇게 썩 좋지 않다고 설명했다. 그 편지에 덧붙인 내용이라고는 기차역으로 마중 나오지 말라는 부탁뿐이었다.

페루의 쿠스코에서 돌아온 조지 오켈리가 호텔에서 정확히 한 시간 반 기다리는 동안 태양은 하늘의 한가운데 떠 있었다. 그러고 나서 말끔히 면도를 하고 좀 더 백인처럼 보이려고 탤컴파우더[11]를 발랐다. 마지막 순간에 결국 허영심이 낭만적인 생각을 압도했던 것이다. 그는 택시를 타고 자신이 잘 알고 있는 그녀의 집을 향해 출발했다.

그는 몹시 숨을 몰아쉬고 있었다. 자신도 그것을 깨닫고

10 페루의 수도.

11 활석 가루에 붕산 가루와 향료 등을 섞어 만든 것으로 면도하고 난 뒤나 땀나는 것을 막는 데 바른다.

있었지만 그녀에 대한 감정 때문이 아니라 어디까지나 들뜬 기분 때문이라고 자신을 타일렀다. 그는 이제 이곳에 도착했고, 그녀는 아직 결혼하지 않은 상태에 있었다. 그것이면 충분했던 것이다. 그는 그녀에게 뭐라고 이야기해야 할지 확신이 서지 않았다. 그러나 지금이야말로 그의 삶에서 결코 가볍게 넘겨버릴 수 없는 매우 중요한 순간이라는 것을 잘 알고 있었다. 결국 이 세상에서 젊은 여자가 없는 승리란 있을 수 없는 법이다. 자신이 싸워 얻은 전리품을 그녀의 발아래에 바치지는 못할지라도 적어도 잠깐 동안 그녀가 바라볼 수 있도록 손에 붙잡고 있을 수는 있었던 것이다.

그녀의 집이 갑자기 나타났고, 그가 처음 느낀 점은 그 집이 이상하게 실감이 나지 않는다는 것이었다. 실제로 달라진 것이라고는 아무것도 없었다. 아니, 모든 것이 달라져 있었다. 집은 지난번 마지막으로 볼 때보다 작고 초라해 보였다. 지붕 위에 감돌던, 2층의 창문에서 흘러나오던 마법의 구름은 이제 더 찾아볼 수 없었다. 그가 초인종을 누르자 처음 보는 흑인 하녀가 나타나 존퀼 양이 곧 내려올 것이라고 전했다. 그는 초조한 듯 마른 입술을 침으로 적시면서 응접실로 걸어 들어갔다. 그리고 바로 그때 그가 느끼던 비현실감은 더욱더 커졌다. 결국 이 방은 그저 하나의 방일 뿐 그가 그렇게도 비통한 시간을 보냈던 마법에 걸린 방이 아니었다. 그는 의자에 앉으면서도 그것이 그냥 의자일 뿐이라는 사실에 새삼 놀랐다. 자신의 상상력이 이 모든 소박하고 낯익은 사물을 그동안 왜곡하고 아름답게 꾸며 왔다는 사실을 깨달았다.

문이 열리고 존퀼이 방으로 들어왔다. 그 순간 방에 있던 모든 물건이 갑자기 눈앞에 흐릿하게 보이는 것 같았다. 그녀가 얼마나 아름다웠는지 그는 기억할 수 없었다. 그는 얼굴에 핏기가 사라지고 목소리가 목구멍에 걸려 조그마한 한숨 소리로 줄어드는 것을 느꼈다.

그녀는 엷은 초록색 옷을 입고 있었고, 검고 곧은 머리카락을 금색 리본으로 왕관처럼 묶어 놓았다. 그녀는 문에 들어서면서 예전처럼 검은 벨벳 같은 눈동자로 그를 바라보았고, 고통을 가져다주는 아름다움의 힘 때문에 공포가 경련처럼 그의 몸을 스치고 지나갔다.

그는 "잘 있었어?" 하고 인사를 했고, 그들은 서로 몇 걸음씩 앞으로 다가가 손을 잡았다. 그러고 나서 꽤 떨어진 의자에 앉아 방을 가로질러 서로를 쳐다보았다.

"돌아왔군요." 그녀가 말했다. 그는 마찬가지로 진부하게 대답했다. "지나는 길에 잠시 만나 보고 가려고 들렀어."

그는 떨리는 목소리를 진정시키기 위해 그녀의 얼굴만을 바라보려고 했다. 뭔가 말을 해야 할 것 같은 의무감을 느꼈지만 곧바로 자신의 성공을 자랑하지 않는다면 달리 아무런 할 말이 없을 듯했다. 지금까지 사귀면서 아무 이야기나 할 정도로 그렇게 허물없는 사이는 아니었다. 이런 경우라면 날씨 이야기도 제대로 꺼낼 수 없을 것 같았다.

"이건 정말 바보 같은 짓이군." 그가 당혹스러운 듯 불쑥 말을 꺼냈다. "도대체 어떻게 해야 할지 모르겠어. 내가 지금 여기에 있는 게 귀찮아?"

"아뇨." 그녀의 대답에서는 과묵함과 함께 매정할 정도로 슬픔이 느껴졌다. 그것이 그를 힘 빠지게 만들었다.

"당신 누구랑 약혼한 거야?" 그가 물었다.

"아뇨."

"그럼 혹시 누구 사랑하는 사람 있어?"

그녀는 고개를 내저었다.

"그렇군." 그는 의자에 몸을 기댔다. 다른 이야깃거리도 꺼낼 것이 없는 듯싶었다. 그녀와의 대화는 그가 의도했던 대로 되지 않았다.

"존퀼!" 이번에는 좀 부드럽게 말을 시작했다. "우리 사이에 일어난 일 이후에 나는 다시 돌아와 당신을 만나고 싶었어. 내가 앞으로 무슨 일을 하든 당신을 사랑했던 것만큼 어떤 사람도 사랑할 수 없을 거야."

이것은 그가 그동안 연습해 두었던 대사 중 하나였다. 기선을 타고 오면서도 꽤 괜찮은 대사라고 생각했었다. 그것은 그가 언제나 그녀에 대해 느낀 애정에다 자신의 현재 마음 상태에 대한 어물쩡한 태도를 보여 주는 표현이었던 것이다. 그러나 지금 이 순간, 마치 무거워진 공기처럼 과거 일이 사방에서 그를 에워싸고 있는 시점에서 그 말은 왠지 연극적이고 김빠진 맥주처럼 진부하게 들렸다.

그녀는 아무 말도 하지 않고 꼼짝도 하지 않은 채 모든 의미를 담고 있거나 아무 의미도 담고 있지 않은 표정으로 그에게 시선을 고정시키고 있었다.

"나를 더 이상 사랑하지 않는 거야, 그렇지?" 그가 높낮이가 없는 어조로 물었다.

"그래요."

잠시 뒤 캐리 부인이 들어와서 그의 성공에 대한 이야기를 나누었다.(지방 신문에 그에 관한 기사가 짧게 실렸던 것이다.) 그에게는 여러 감정이 뒤섞여 있었다. 아직도 이 여자를 원한다는 것을 알고 있었고, 과거의 일이 때때로 고개를 쳐든다는 것도 잘 알고 있었다. 그러나 그뿐이었다. 그 밖에는 강하게 밀고 나가고, 조심스럽게 지켜보면 어떻게 될지 알게 될 것이다.

"자, 이제 그만." 캐리 부인이 말하고 있었다. "두 사람 모두 국화를 키우는 부인을 만나러 가기로 하지. 그 부인은 신문에서 자네 기사를 읽고 나더니 내게 특별히 자네를 꼭 한번 만나 보고 싶다고 했다네."

그들은 국화를 키우는 부인을 만나기 위해 집을 나섰다. 길거리를 따라 걸어갔고, 그는 가벼운 흥분을 느끼며 그녀의 보폭이 짧아 그가 발을 내려놓기 전에 그녀의 발이 먼저 땅에 떨어지는 것을 깨달았다. 그 부인은 친절한 사람이었으며, 그 부인이 키우는 국화는 굉장히 소담스러우면서도 아주 아름다웠다. 그리고 정원에는 희고 노랗고 분홍색을 띤 국화가 가득 차 있어 그 사이에 서 있으니 마치 여름으로 되돌아간 것 같은 느낌이 들었다. 그 집에는 국화가 가득한 정원이 두 군데 있었는데 그 사이에 연결 문이 있었다. 그들이 두 번째 정원으로 어슬렁어슬렁 발걸음을 옮길 때 부인이 먼저 문으로 들어갔다.

바로 그때 좀 이상한 일이 벌어졌다. 조지가 존퀼을 먼저 들여보내려고 옆으로 비켜섰지만 그녀는 지나가지 않고 그냥 제자리에 서서 잠시 그를 바라보는 것이었다. 그러나 미소를 짓지 않고 있다기보다는 아무 말도 하지 않고 있었다. 그것은 다만 침묵의 순간이었다. 그들은 상대방의 눈을 바라보면서 약간 흥분하여 숨을 짧게 몰아쉬고 나서 두 번째 정원으로 걸어 들어갔다. 그것이 전부였다.

오후가 저물기 시작했다. 그들은 부인에게 고맙다는 인사를 건네고는 천천히 생각에 잠긴 채 나란히 집을 향해 걸었다. 저녁을 먹으면서도 두 사람은 말이 없었다. 조지는 캐리 씨에게 남아메리카에서 겪은 일을 무엇인가 이야기했고, 이럭저럭 앞으로 모든 일이 순조롭게 잘 풀릴 것이라고 말했다.

저녁 식사를 마친 뒤 그와 존퀼은 그들의 사랑이 시작되고 끝을 맺은 그 방에 단둘이서 남게 되었다. 그에게 그날의 기억은 먼 옛날의 일처럼 느껴졌고, 뭐라고 표현할 수 없을 만큼 가슴 아픈 일이었다. 그는 바로 이 소파에 앉아 이제는 다시 느끼지 못할 것 같은 고뇌와 슬픔을 느꼈다. 다시는 그렇게 무기력하거나 그토록 지치고 비참하고 가난하게 되지 않을 것이다. 그러나 십오 개월 전의 자신에게는 신뢰라든가 따뜻함 같은 것이 있었지만 이제는 그것이 영원히 사라져 버렸음을 느낄 수 있었다. 분별 있는 일 — 그들은 분별 있게 행동을 한 것이었다. 그는 자신의 젊음을 능력과 바꾸었고, 절망으로 성공을 빚어냈다. 그러나 삶은 젊음과 함께 그의 사랑이 지녔던 신선함까지 앗아가 버리고 말았던 것이다.

"나하고 결혼해 주지 않겠어?" 그가 조용히 물었다.

존퀼은 검은 머리를 가로저었다.

"난 결혼 같은 건 하지 않을 거예요." 그녀가 대답했다

그는 고개를 끄덕였다.

"나 내일 아침에 워싱턴으로 떠나." 그가 말했다.

"아……."

"꼭 가야만 해. 첫차로 뉴욕에 가야 한다고. 도중에 워싱턴에 잠시 들르고 싶어."

"일 때문이군요!"

"아, 아니." 그는 마지못해 알려 준다는 듯 대답했다. "꼭

만나 봐야 할 사람이 있거든. 정말 친절하게 대해 주던 사람이야……. 내가 그렇게 완전히 녹아웃 되었을 때.”

그것은 지어낸 말이었다. 그가 워싱턴에서 만날 사람이라고는 아무도 없었다. 그러나 그는 존퀼을 주의 깊게 살펴보고 있었다. 그녀는 분명히 조금 주춤하는 것 같아 보였고 잠시 두 눈을 감았다가 다시 뜨는 것을 확인할 수 있었다.

“하지만 가기 전에 그동안 있었던 일들을 이야기해 주고 싶어. 어쩌면 우린 다시 만나지 못하게 될지도 모르니까. 그러니 어쩌면…… 어쩌면 예전처럼 내 무릎 위에 다시 한 번 앉아 줄 수 없을까……. 옆에 아무도 없으니까 부탁하는 거야……. 하지만…… 그만둬도 상관없고.”

그녀는 고개를 끄덕이고는 곧 그 옛날 지나가 버린 봄에 그녀가 자주 하던 대로 그의 무릎 위에 앉았다. 자기 어깨에 기댄 그녀의 머리 그리고 그녀의 낯익은 몸매를 느끼자 갑자기 전율처럼 감정이 북받쳐 왔다. 그녀를 붙잡고 있는 두 팔이 그녀를 점점 꼭 죄곤 했기 때문에 그는 뒤로 기대어 생각에 잠긴 채 나지막한 목소리로 공중에 대고 이야기를 하기 시작했다.

그는 절망에 빠져 있던 뉴욕에서의 두 주일에 대해 이야기했다. 월급은 그다지 많지 않았지만 마음에 드는 저지 시티[12]의 건설 회사를 그만두었다. 페루의 일자리를 처음 제의받았을 때 그는 그것이 그렇게 특별한 기회라고 생각하지 않았다. 탐사단의 3등 보조 엔지니어로 고용되어 측량 조수와

12 뉴저지 주 북동부의 항구 도시. 허드슨 강을 사이에 두고 뉴욕 시와 마주 보고 있다.

측량사 여덟 명을 포함하여 모두 열 명의 미국인만이 쿠스코에 도착했다. 탐사 대장은 열흘 만에 황열병(黃熱病)으로 사망했다. 바로 그것이 기회였는데, 바보가 아니라면 어느 누구도 놓칠 수 없는 절호의 찬스였다.

"바보가 아니면 놓칠 수 없었다고요?" 그녀가 순진하게 그의 말을 가로막았다.

"심지어 바보라도 말이야." 그가 계속 말을 이어 나갔다. "그건 정말 엄청난 기회였지. 그래서 나는 곧바로 뉴욕으로 전보를 쳤고……."

"그랬더니요?" 그녀가 다시 말을 가로막았다. "당신이 기회를 잡아야 한다는 전보가 왔나요?"

"그렇게 해야 한다고 하는 거지 뭐야!" 그는 여전히 고개를 뒤로 젖힌 채 큰 소리로 말했다. "내가 그 일을 계속해야 한다고 했어. 어물거리며 낭비할 시간이 없다고."

"단 일 분의 여유도요?"

"전혀 없었지."

"시간도 없었단 말이에요, 그럴……?" 그녀가 캐물었다.

"무슨 시간 말이야?"

"이봐요."

그는 갑자기 머리를 번쩍 앞으로 숙였고, 그 순간 존퀼도 그에게 몸을 가까이 숙였다. 그녀의 입술이 마치 꽃봉오리처럼 반쯤 벌어진 채 말이다.

"맞아." 그가 그녀의 입술에 대고 속삭였다. "세상에 시간은 얼마든지 있지……."

세상에는 시간이 얼마든지 있었다. 그의 시간과 그녀의 시간 말이다. 그러나 그녀의 입술에 키스하는 순간, 그는 아무리 영원히 찾아 헤매더라도 잃어버린 4월의 시간만큼은 절대로 되찾을 수 없다는 사실을 깨달았다. 두 팔의 근육이 저려 올 때까지 그녀를 꼭 껴안을 수도 있었다. 그녀야말로 갖고 싶은 고귀한 그 무엇이었고, 분투한 끝에 마침내 자기 것으로 만들었다. 그러나 그 옛날 어스름 속에서나 산들바람 살랑거리던 밤에 주고받은 그 속삭임은 이제 다시는 되찾을 수 없을 것이다…….

그래, 갈 테면 가라, 그는 생각했다. 4월은 흘러갔다. 이제 4월은 이미 지나가 버렸다. 이 세상에는 온갖 종류의 사랑이 있건만 똑같은 사랑은 두 번 다시 없을 것이다.

기나긴 외출

1

우리는 투렌[13]의 몇몇 고성(古城)에 관해 이야기를 나누고 있었고, 루이 16세가 발뤼 추기경을 육 년이나 연금했던 쇠로 만든 옥사(獄舍)에 대해 언급한 뒤에는 비밀 지하 감옥과 그런 공포감을 자아내는 일들에 대해 얘기를 나눴다. 나는 후자 중에 몇 개, 즉 사람 하나를 던져 넣고 무한정 기다리게 만드는, 깊이가 30~40피트 정도 되는 물이 마른 우물들을 구경한 적이 있었다. 풀먼식 열차의 침대차도 악몽으로 느껴질 만큼 폐쇄 공포증 성향이 있는 나에게 그 이야기는 오랫동안 깊은 인상을 남겼다. 그래서 의사 한 사람이 다음과 같은 이야기를 들려주었을 때 오히려 안심이 되었다. 아니, 안심이 된 것은 이미 그가 그 이야기를 시작했을 때였다. 왜냐하면 그것은 이미 오래전에 일어난 고문과는 아무런 상관이 없는 것처럼 보였

13 프랑스 중부에 있던 옛 주(州).

기 때문이다.

남편과 아주 행복한 사이였던 킹 부인이라는 젊은 여성이 있었다. 그들은 부유했고 서로 몹시 사랑했지만 둘째 아이를 낳던 중 그녀는 깊은 혼수상태에 빠졌고, 깨어난 뒤에는 분명한 정신 분열증 증세를 보였다. 미국의 독립 선언문과 관계된 그녀의 망상은 그 질병과는 거의 아무런 상관이 없었고, 건강을 다시 되찾으면서 그 망상도 사라져 버렸다. 열 달이 지난 뒤 그녀는 요양원에서 휴양하는 회복 단계의 환자로서 자신에게 일어났던 질병의 흔적은 거의 보이지 않은 채 다시 이 세상에 나가 살기를 간절히 기다리고 있었다.

이제 겨우 스물두 살밖에 되지 않은 그녀는 앳된 소녀의 매력을 지니고 있었고 요양소의 직원들로부터 사랑을 한 몸에 받고 있었다. 남편과 함께 실험 삼아 여행을 떠날 만큼 건강이 회복되자 이 모험을 두고 많은 사람들이 관심을 보였다. 간호사 한 사람이 그녀와 함께 필라델피아에 가서 옷을 구입했는가 하면, 또 다른 간호사 한 사람은 멕시코에서 있었던 낭만적이라고 할 그녀의 구혼 이야기를 알고 있었으며, 병원 사람 모두들 그녀의 가족이 문병 왔을 때 그녀의 두 갓난아이를 보았다. 그 여행은 버지니아 비치[14]에서 오 일 동안 머무는 것이었다.

킹 부인이 까다롭게 옷을 차려입고 짐을 꾸리며 파마머리 같은 사소한 것까지 행복하게 챙기는 등 여행 준비 하는 모습을 지켜보는 것만으로도 기뻤다. 출발 시각 삼십 분 전에 그녀는 모든 준비를 마쳤으며, 담청색 가운에 4월 소나기가 지나

14 미국 버지니아 주와 노스캐롤라이나 주 사이 대서양에 위치해 있는 해수욕장.

간 바로 뒤처럼 말쑥해 보이는 모자를 쓰고 같은 층에 있는 환자 몇 사람을 방문했다. 병을 앓고 난 뒤 흔히 볼 수 있는 놀란 듯한 슬픈 표정이 감도는 가냘프고 사랑스러운 그녀의 얼굴은 기대감으로 밝게 빛나고 있었다.

"우린 아무것도 하지 않을 거예요." 그녀가 말했다. "그게 제 소원이거든요. 사흘 연속으로 아침에 일어나고 싶을 때 일어나고, 사흘 연속으로 자고 싶을 때 자고요. 나 혼자서 수영복도 사고, 식사도 주문하고요."

남편과의 약속 시각이 다가오자 킹 부인은 자기 방에서 기다리는 대신 아래층에서 기다리기로 마음먹었다. 그녀는 병원의 잡역부에게 자신의 여행 가방을 들리고 복도를 따라 지나가면서 다른 환자들도 멋진 휴일 여행을 떠나지 못하는 것이 안됐다는 듯 그들에게 손을 흔들었다. 요양소 소장이 그녀에게 환송 인사를 했고, 간호사 두 명은 구실을 대어 그녀 곁에 머뭇거리며 남도 즐겁게 만드는 그녀의 기쁨을 함께 나누었다.

"킹 부인, 멋지게 피부를 태울 수 있을 거예요."

"잊지 말고 꼭 그림엽서를 보내셔야 돼요."

그녀가 방을 나설 무렵 그녀 남편의 자동차가 도시에서 요양소로 오는 도중에 트럭과 충돌했다. 내장이 크게 손상되어 앞으로 몇 시간 이상 살지 못할 것으로 예상되었다. 이 소식을 처음 접한 곳은 지금 킹 부인이 기다리고 있는 홀에 붙은 유리 칸막이로 된 요양원 사무실이었다. 킹 부인을 잘 알고 유리에 방음 처리가 되어 있지 않다는 걸 아는 교환원은 수간호사에게 즉시 달려오라고 부탁했다. 수간호사는 놀라서 황급히 의사한테로 달려갔고, 그 의사는 어떻게 해야 할지를 결정했다. 그녀의 남편이 아직 살아 있는 한, 그녀에게 아무 이야기도 하지 않는 쪽이 최선의 방법이었다. 그러나 물론 남편이 올 수 없다는 사실을 그녀에게 알려 주어야 했다.

이 소식을 듣고 킹 부인은 크게 실망했다.

"그렇게 실망하는 건 어리석다고 생각해요." 그녀가 말했다. "몇 달 동안이나 기다려 왔는데 하루를 더 기다리는 게 무슨 대수겠어요? 그분은 내일이면 오겠지요. 안 그래요?"

간호사는 난처했지만 환자가 다시 병실로 들어갈 때까지 가까스로 얼렁뚱땅 넘어갔다. 그러고 나서 병원 측은 아주 경험 많고 침착한 간호사를 시켜 킹 부인이 다른 환자들과 접촉하는 걸 피하고 신문을 읽지 못하도록 조치를 취했다. 이튿날까지는 어떤 식으로든지 이 문제를 결정하게 될 것이다.

그러나 그녀의 남편은 사망하지 않고 가까스로 목숨을 부지했고 요양소 측은 계속해서 사태를 얼버무렸다. 그 이튿날 정오가 되기 조금 전 간호사 한 사람이 복도를 지나가다가 전날처럼 옷을 차려입은 킹 부인을 만났다. 그러나 이번에는 여행용 가방을 직접 들고 있었다.

"남편을 만나러 가는 중이에요." 그녀가 설명했다. "어제는 올 수 없었거든요. 하지만 오늘은 같은 시각에 올 거예요."

간호사는 그녀와 함께 걸었다. 킹 부인은 병원 건물에서 마음대로 돌아다닐 수 있도록 허용되었고, 그래서 그녀를 다시 병실로 데려다주기란 곤란했다. 간호사는 요양소 당국이 그녀에게 말해 준 내용과 배치되는 이야기는 하고 싶지 않았다. 그들이 건물 앞쪽 홀에 도착하자 간호사는 교환원에게 손짓을 했고, 교환원은 다행히 무슨 뜻인지 알아차렸다. 킹 부인은 마지막으로 거울에 자신의 모습을 비추어 보며 이렇게 말했다.

"꼭 이런 모자가 열두 개쯤 있었으면 좋겠어요. 언제나 이렇게 행복하다는 걸 잊지 않도록 말이에요."

수간호사가 조금 뒤 얼굴을 찌푸리며 다가오자 그녀는 이렇게 물었다.

"설마 하니 조지가 늦게 온다고 말하려는 건 아니겠지요?"

"정말로 늦게 오신답니다. 참고 기다릴 수밖에 없지요."

킹 부인은 서글픈 듯이 웃었다. "내 옷이 완전히 새것일 때 남편에게 보여 주고 싶은데."

"어머, 지금도 주름 하나 없어요."

"내일까지는 그대로 있겠지요. 이렇게 행복한데 하루쯤 더 기다린다고 우울해할 필요는 없지요."

"물론이지요."

그날 밤 그녀의 남편은 사망했고, 그 이튿날 아침 의사들이 회의를 소집하여 이 문제를 어떻게 처리하면 좋을지 토론했다. 그녀에게 사실대로 이야기해도 위험이 따르고, 그렇다고 사실을 숨겨도 위험이 따랐다. 마침내 킹 씨에게 급한 일이 생겨 출장을 떠났다고 말하는 것으로 곧 만날 희망을 갖지 않도록 하기로 결정했다. 그녀가 이 일에 적응되었을 때면 사실을 말해 줄 수 있을 것이다.

의사들이 회의를 마치고 나올 때 한 의사가 걸음을 멈추고 손가락으로 가리켰다. 복도 아래 바깥 홀을 향해 킹 부인이 여행 가방을 들고 걸어가는 모습이 보였기 때문이다.

킹 부인을 담당하는 파이리 의사가 숨을 죽였다.

"이거 끔찍한 일이군." 그가 말했다. "지금 당장이라도 그녀에게 말해 주는 게 좋겠는걸. 보통 일주일에 두 번씩 남편으로부터 연락을 받는데, 그가 출장을 떠났다고 말한다 해도 아무 소용이 없단 말씀이야. 만약 그가 아프다고 해도 그녀는 그를 만나러 가고 싶어 할걸. 나 말고 누가 이 일을 맡으려고 하겠어?"

2

회의에 참석한 의사 중 한 사람이 그날 오후에 이 주일 동안 휴가를 떠났다. 휴가를 마치고 돌아온 날 똑같은 시각 똑같은 복도에서 그는 자기를 향해 몇 사람이 걸어오는 모습을 보고 걸음을 멈췄다. 여행 가방을 든 병원 잡역부 한 사람, 간호사 한 사람 그리고 담청색 정장에 봄 모자를 쓴 킹 부인이었다.

"의사 선생님, 안녕하세요." 그녀가 말했다. "지금 제 남편을 만나러 가는 길이에요. 우린 버지니아 비치로 여행을 떠나기로 했거든요. 그 사람이 기다리지 않도록 홀에 나가려고요."

의사는 어린애처럼 밝고 행복한 그녀의 얼굴을 빤히 들여다보았다. 간호사가 그렇게 하라는 명령을 받았다고 그에게 신호를 보냈고, 그래서 그는 목례를 하고 아름다운 날씨에 관해 이야기를 나누었을 뿐이었다.

"너무 아름다운 날씨예요." 킹 부인이 말했다. "하기야 비가 내린다 해도 저에겐 아름다운 날씨와 다름없었을 거예요."

의사는 당황하고 짜증이 나서 그녀의 뒷모습을 바라보았

다. 왜 이런 일이 계속되도록 내버려 둘까 하고 그는 생각했다. 이런 일이 무슨 소용이 있단 말인가?

파이리 의사를 만나자 그는 그에게 이 문제를 제기했다.

"지금까지 그녀에게 말해 주려고 했었지." 파이리 의사가 말했다. "하지만 그녀는 그냥 웃어 버리고 마는 걸세. 그러곤 우리가 아직도 자기가 아픈가 시험해 보려고 그런다는 거지 뭔가. 아마 '도저히 상상할 수도 없다.'라는 말은 이런 경우에 써야 할 것 같네……. 남편의 죽음은 그녀에겐 도저히 상상할 수도 없는 일이니까."

"하지만 언제까지 이런 식으로 계속할 순 없잖아요."

"이론적으론 그렇지." 파이리 의사가 대답했다. "며칠 전 그녀가 전처럼 짐을 꾸리자 간호사가 나가지 못하도록 하려고 했지. 홀 밖에서 그녀의 얼굴을 바라보았는데, 자제심을 잃어버리기 시작하는 거야……. 처음으로 말이지. 근육이 굳어지고 두 눈이 흐릿해지며 목소리가 탁하고 날카로워지면서 간호사를 거짓말쟁이라고 부르는 게 아닌가……. 내가 끼어들어 간호사더러 그녀를 면회실로 데려가라고 했지."

그는 금방 지나간 일행이 다시 나타나 병동으로 향하자 갑자기 말을 멈췄다. 킹 부인은 걸음을 멈추고 파이리 의사에게 말을 걸었다.

"남편이 늦어지고 있네요." 그녀가 말했다. "물론 실망스럽지만 내일 온다고 하네요. 이렇게 오랫동안 기다려 왔는데 하루쯤 더 기다린다고 무슨 대수겠어요. 의사 선생님, 제 말이 맞지 않나요?"

"킹 부인, 물론입니다."

그녀는 모자를 벗었다.

"이 옷을 잘 챙겨 둬야겠어요……. 오늘처럼 내일도 깨끗했으면 해서요." 그녀는 모자를 자세히 살펴보았다. "어머, 여기에 먼지 하나가 붙어 있네요. 하지만 털어 버리면 돼요. 어쩌면 제 남편은 그 먼지를 보지 못할지도 몰라요."

"아마 틀림없이 못 볼 겁니다."

"정말이지, 하루 더 기다리는 건 아무 상관도 없어요. 미처 깨닫기 전에 금방 내일 이맘때가 될 테니까요. 안 그래요?"

그녀가 자리를 뜨자 젊은 의사는 이렇게 말했다.

"아직 두 아이들이 있는데요."

"내 생각에 그 아이들은 크게 문제가 될 것 같지 않네. 그녀는, 말하자면 '가라앉아 있을' 때 이 여행을 병이 낫는다는 생각과 관련시켰거든. 만약 우리가 그 여행을 못 하게 막는다면, 그녀는 다시 밑바닥으로 떨어져 병이 또 도지게 될 걸세."

"그렇게 될까요?"

"예후(豫後)가 없어." 파이리 의사가 말했다. "오늘 아침에 나는 왜 그녀를 홀로 나가도록 허용했는지 그 이유를 설명하던 참이었다네."

"하지만 내일 아침은 어떻게 하고요. 그리고 그다음 아침은 또 어떻게 하고요."

"언제나 가능성은 있어." 파이리 의사가 말했다. "언젠가 그가 거기에 오리라는 가능성 말이야."

의사는 갑작스럽다 싶게 여기서 이야기를 끝냈다. 우리가 그 뒤에 어떻게 되었는지 좀 더 말해 달라고 조르자, 그는 나머지 이야기는 용두사미 격이라고 대꾸했다. 모든 동정심은 결국에는 조금씩 무뎌져 버리기 마련이고, 마침내 요양원 직원들은 단순히 그 사실을 받아들였을 뿐이었다는 것이다.

"하지만 그녀는 아직도 남편을 만나러 갑니까?"

"그야 물론이지요. 전과 늘 똑같습니다……. 새로운 환자들을 제외한 나머지 환자들은 이제 그녀가 복도를 지나가도 거의 쳐다보지도 않지요. 간호사들은 거의 해마다 새 모자를 갖다 놓고요. 하지만 그녀는 아직도 같은 정장을 입고 있어요. 언제나 약간 실망한 상태에 있지만 아주 훌륭하게 최선을 다하고 있지요. 우리가 아는 한, 그건 불행한 삶이 아닙니다. 좀 우스운 방법이기는 하지만 다른 환자들에게 마음의 평정이라는 게 어떤 것인지를 몸소 보여 주고 있는 듯합니다. 이제 제발 다른 이야기를 합시다……. 그 비밀 지하 감옥 이야기로 다시 돌아갑시다."

해외여행

1

오후가 되자 하늘은 메뚜기 떼로 시커멓게 뒤덮였고, 여자 몇 명은 비명을 지르며 버스 바닥에 주저앉아 여행용 담요로 머리를 감쌌다. 메뚜기 떼는 북쪽에서 내려오면서 이것저것 닥치는 대로 먹어 치웠는데, 이 지역에서는 대단하지도 않은 현상이었다. 메뚜기 떼는 검은 눈송이처럼 일직선으로 조용히 날았다. 바람막이 유리나 차에 부딪히는 경우도 전혀 없어서 낙천적인 사람들은 곧 손을 뻗어서 메뚜기를 잡아 보려고 했다. 십 분 후에 메뚜기 구름이 줄어들다가 완전히 사라졌고, 담요를 뒤집어썼던 여자들도 머리가 뒤엉키고 엉망인 기분으로 일어났다. 그리고 다들 떠들어 대기 시작했다.

모두가 시끄럽게 떠들어 댔다. 사하라 사막의 한 귀퉁이에서 메뚜기 떼를 관통한 다음에 아무 말도 하지 않는다면 그게 더 이상하게 보일 것이다. 스미르나계 미국인은 비스크라로 내려가는 영국인 미망인에게 아직 만나지도 못한 추장과 마지막으로 재미나 보라고 말했고, 샌프란시스코 주식 시장 직원은 한 작가에게 수줍게 물었다. "당신은 작가인가요?" 윌밍턴에서 온 부녀는 팀북투로 비행할 예정인 런던 출신의 조종사에게 말을 걸었다. 프랑스인 운전사조차 고개를 돌리고 크고 분명한 소리로 설명했다. "뒝벌이죠." 운전사의 말에 뉴욕에서 온 수련 간호사가 신경질적으로 웃음을 터트렸다.

여행자들이 아무렇게나 엉키는 가운데 좀 더 사려 깊은 이야기도 오갔다. 리들 마일스 부부는 일심동체처럼 고개를 뒤로 돌리고는 뒤에 앉은 젊은 미국인 부부에게 미소를 지으며 말을 걸었다.

"혹시 메뚜기가 머리칼에 붙진 않았나요?"

젊은 부부가 공손하게 미소를 지었다.

"아뇨. 이 재난을 잘 버텨 낸걸요."

그들은 아직 신혼의 즐거운 기분이 남아 있는 이십 대의 잘생긴 부부였다. 남자는 다소 민감하고 강렬해 보였고, 여자는 눈동자와 머리카락 빛이 연하고 매력적이었다. 여자의 얼굴에는 그림자가 없었고, 생기발랄하고 신선하면서도 사랑스럽고 자신감이 넘치고 평온해 보였다. 마일스 부부는 그들이 좋은 교육을 받았고 특히 '일류' 가문 출신이라는 것을 알아챘다. 그들은 지나치게 세련되거나 딱딱하지 않으면서도 타고난 과묵함을 내보였다. 그들이 남들과 동떨어진 것처럼 보였다면, 그건 상대방과 같이 있는 것만으로도 충분히 두드러져 보였기 때문이다. 반면 마일스 부부가 다른 여행객들과 동떨어져서 행동했던 것은 의식적인 가면이나 사교적 태도 때문이었다. 그건 모두에게 왕따를 당하는 스미르나계 미국인이 누구에게나 들이대는 것과 마찬가지로 공공연한 사실이었다.

마일스 부부는 그 젊은 부부가 친구로 '가능'하다고 보았고 부부끼리만 지내는 게 지겨웠던 참에 노골적으로 접근했다.

"아프리카에 와 본 적이 있나요? 아주 매혹적인 곳이죠. 튀니스에 갈 예정인가요?"

파리라는 특정한 환경에서 십오 년을 지내면서 내면적으로 어느 정도 닳고 닳은 마일스 부부에게는 매력이라고 불릴 수도 있는, 분명하게 선호하는 스타일이 있었다. 저녁에 부사아다의 작은 오아시스 마을에 도착하기 전에 이들 넷은 어느새 친구가 되었다. 알고 보니 뉴욕에 모두를 아는 친구까지 있었다. 그들은 트랜스아틀란티크 호텔 바에서 칵테일을 마셨고, 함께 저녁 식사를 하기로 했다.

얼마 후 젊은 켈리 부부는 아래층으로 내려갔다. 니콜은 약간 후회가 되었다. 서로 행로가 달라질 콘스탄티네에 도착할 때까지는 이제 이 새 친구들을 상당히 오래 봐야 하기 때문이었다.

결혼하고 여덟 달 동안 너무 행복했기 때문에 이 교제는 무언가를 망치는 것 같았다. 그들은 지브롤터 해협까지 타고 온 이탈리아 정기선의 바에서 필사적으로 서로 기대던 무리와 어울리지 않았다. 대신 그들은 프랑스어를 열심히 공부했고, 넬슨은 최근 물려받은 유산 50만 달러와 관련해서 사업 공부를 하고, 굴뚝 그림도 한 장 그렸다. 바에서 즐겁게 떠들던 무리 중의 한 사람이 아조레스 제도의 이쪽 편에서 대서양으로 영원히 사라졌을 때 켈리 부부는 오히려 기쁠 지경이었다. 자신들이 동떨어져서 지냈던 것이 그 사고로 정당화되었기 때문이다.

그러나 니콜이 후회하는 이유는 하나 더 있었다. 그래서 그녀는 넬슨에게 그 문제에 대해 털어놓았다. "홀에서 막 그 부부를 지나쳤어."

"누구? 마일스 부부?"

"아니, 그 젊은 부부. 있잖아, 나이는 우리 정도이고 다른 버스에 타고 있던 부부 말이야. 점심 식사 후에 비르라발루 낙타 시장에서 봤던 그 근사해 보이던."

"정말 근사해 보였지."

그녀가 강조했다. "매력적이었어. 남자와 여자 둘 다. 전에 여자를 만났던 적이 있는 게 분명해."

그 부부는 저녁 식사 때 식당 건너편에 앉아 있었는데, 니콜은 아무래도 그들에게 눈이 쏠렸다. 그들에게도 지금은 친구가 있었다. 니콜은 지난 두 달 동안 자기 또래의 그 여자에게 한 번도 말을 걸어 보지 못한 게 조금 안타까웠다. 공식적으로는 세련됐지만 솔직히 말해서는 속물적인 마일스 부부와는 다른 사람들이었다. 마일스 부부는 놀랄 정도로 여러 곳을 다녀 봤고, 신문에서 번쩍이는 허깨비는 모두 알고 있는 것 같았다.

그들은 호텔 베란다에서 저녁을 먹었다. 하늘은 어두웠고, 그들을 감시하는 낯선 신의 존재가 가득 느껴졌다. 호텔 모퉁이에서 밤은 지나치게 낯선 소리들로 이미 흔들리기 시작했다. 세네갈의 북소리, 원주민의 피리 소리, 이기적이고 여성스러운 낙타 울음소리, 낡은 타이어 신발을 신고 달려가는 아랍인들의 발소리 그리고 배화교도의 울부짖는 기도 소리까지. 이것들에 대해 종종 읽어 보긴 했지만 그래도 지나치게 낯선 소리였다.

호텔 데스크에서 한 동료 여행객이 환율에 대해 직원과 지루한 논쟁을 벌였고, 그 부적절한 논쟁으로 인해 남쪽으로 향하면서 계속 커져 간 격리감만 더욱 증폭되었다.

마일스 부인이 허공을 떠도는 침묵을 처음으로 깨트렸다. 그녀는 밤에 푹 빠져 있는 그들을 더 이상 참지 못하고 식탁으로 끌고 왔다.

"옷을 제대로 차려입을 걸 그랬어요. 정장을 하면 느낌이 달라지니까 저녁 식사가 더 즐겁죠. 영국인들은 그런 걸 알아요."

그녀의 남편이 반대했다. "여기에서 정장을 하겠다고? 왜, 아까 길에서 만났던 낡아 빠진 정장 차림으로 양 떼를 모는 사람 같을 텐데."

"정장을 하지 않으면 늘 여행객 같아요."

"음, 우린 여행객이 아닌가요?" 넬슨이 물었다.

"난 내가 여행객이라고 생각하지 않아요. 여행객이란 일찍 일어나서 성당에 가고 경치에 대해 말하는 사람이죠."

페스[15]에서 알제[16]에 이르기까지 알려진 장소는 전부 가 보았고 영화를 보면서 발전했다고 느껴 왔던 니콜과 넬슨은 자신들의 여행담이 마일스 부인에게 흥미를 주지 못하리라고 여겼다.

마일스 부인이 말을 이었다. "어디나 똑같아요. 중요한 건 거기 누가 있느냐죠. 새로운 장소는 아무리 좋아도 삼십 분이면 끝이고, 그다음에는 자기 나름대로 보고 싶어 해요. 그래서

15 모로코의 오래된 도시.

16 알제리의 수도.

여행지도 유행을 타는 거예요. 사실 장소 자체는 중요하지 않아요."

넬슨이 반박했다. "하지만 처음에 누군가가 좋다고 했으니까 사람들이 찾게 된 거 아닌가요?"

"올봄에 어딜 갈 생각이죠?" 마일스 부인이 물었다.

"산레모나 소렌토를 생각 중이에요. 유럽은 가 본 적이 없어서요."

"여러분, 나는 소렌토와 산레모 둘 다 알아요. 두 군데 다 일주일도 버티질 못할걸요. 거기에는 아주 혐오스러운 영국인들이 우글대면서 《데일리 메일》을 읽고 편지를 기다리고 믿을 수 없이 지루한 이야기들을 해요. 브라이턴이나 번무스에 가서 하얀 푸들과 양산을 사서 선창을 걷는 편이 나아요. 유럽에 얼마나 머물 예정인가요?"

니콜이 주저하며 대답했다. "잘 모르겠어요. 아마 몇 년이 될 수도 있죠. 남편이 유산을 조금 물려받았고, 우리에겐 변화가 필요했어요. 저는 어렸을 때 아버지의 천식 때문에 아주 우울한 요양원에서 몇 년을 지냈어요. 남편은 알래스카에서 모피업을 했지만 아주 싫어했고요. 그래서 자유로워지면서 해외로 나왔어요. 남편은 그림을, 저는 성악을 공부할 생각이죠." 그녀는 의기양양하게 남편을 바라보았다. "지금까지는 끝내줬죠."

마일스 부인은 젊은 여인의 옷차림을 보고 유산이 상당한 모양이라고 생각했다. 더욱이 그들 부부의 열정은 옆에 앉은 이에게도 퍼져 나갔다.

부인이 그들에게 충고했다. "비아리츠에는 꼭 가 봐요. 아니면 몬테카를로나."

마일스가 샴페인을 주문하며 말했다. "여기에서 근사한 쇼가 있다고 하던데요. 울레드 나일스[17] 카페에서요. 산악 지대에서 내려온 부족 소녀들인데 무용수가 되는 훈련을 받았다고 호텔 관리인이 그러더군요. 돈을 충분히 모으면 다시 산으로 돌아가 결혼한대요. 음, 오늘 밤에 공연이 있다던데."

울레드 나일스 카페로 걸어가면서 니콜은 이 고즈넉하고 부드럽고 환한 밤에 남편과 단둘이서 걷지 못한다는 게 아쉬웠다. 넬슨은 저녁 식사 때 마일스가 술을 산 데 대한 보답으로 샴페인을 샀는데, 넬슨 부부는 그렇게 많이 마시는 데 익숙하지 않았다. 슬픈 플루트 소리가 가까워지자 그녀는 안에 들어가지 않고 차라리 야트막한 언덕 위로 올라가고 싶었다. 언덕 위에 서 있는 하얀 이슬람 사원이 밤의 행성처럼 뚜렷하게 빛났다. 삶은 어느 쇼보다 낫다. 그녀는 남편에게 몸을 기대며 그의 손을 잡았다.

작은 굴 같은 카페 안은 버스 두 대에서 내린 여행객들로 우글거렸다. 섬세하고 그늘진 눈매에 연한 갈색 피부를 지닌 코가 납작한 베르베르 소녀들이 무대에서 이미 한 명씩 춤을 추고 있었다. 그들은 면직 드레스를 입어서 남부의 흑인 유모 같았다. 느린 춤사위를 따라 무용복 밑의 살이 출렁거렸다. 춤은 배꼽춤으로 절정에 달했는데, 은으로 만든 허리띠가 심하게 흔들리고, 진짜 금화가 달린 체인이 목과 팔에서 달랑거렸다. 희극 배우이기도 한 플루트 연주자는 무희들을 희화화하며 춤을 추었다. 수단 출신의 진짜 흑인이 마법사처럼 염소 가죽으로 몸을 휘감고 북을 쳤다.

17 알제리의 부족 이름.

허공에서 피아노를 치듯 무희들이 한 명씩 손가락을 움직이며 담배 연기 사이로 지나갔다. 겉으로 보기에는 부드러웠지만 절도 있고 정확한 동작이었다. 그다음에 그들은 아주 나른하면서도 역시 정확한 동작으로 발을 굴렀다. 이런 움직임은 절정에 오른 선정적인 춤의 준비 동작에 불과했다.

얼마 후에야 춤사위가 진정되었다. 공연이 완전히 끝나지 않았지만 관객 대부분이 일어났다. 그때 사람들이 수군거렸다.

니콜이 남편에게 물었다. "무슨 일이야?"

"음, 울레드 나일스 족이 춤을, 다소 동양적인 춤을 추는데 보석을 빼고는 거의 입지 않을 것 같아."

"아."

마일스 씨가 즐겁게 말했다. "우리 모두 남기로 하죠. 결국 우리는 이 나라의 진짜 관습과 예절을 보러 왔으니까요. 정숙한 척하면서 분위기를 망칠 필요는 없어요."

남자들은 대부분 남았고, 여자도 몇 명 있었다. 니콜이 갑자기 일어났다.

"난 밖에서 기다릴래."

"여기 있지 그래, 니콜? 마일스 부인도 있는데."

플루트 연주자가 화려하게 전주곡을 불었다. 높은 단상에서 열네 살 정도 되어 보이는 창백한 갈색 피부의 소녀 둘이 무명 드레스를 벗고 있었다. 니콜은 정숙한 척하는 것으로 보이기 싫은 마음과 혐오감 사이에서 잠시 주저했다. 그때 젊은 미국인 여자가 얼른 일어나 문 쪽으로 걸어가는 것이 보였다. 다른 버스를 탔던 매력적인 젊은 부인인 것을 확인하고 니콜도 결단을 내리고 따라갔다.

넬슨이 서둘러 따라왔다. "당신이 가면 나도 갈래."

말은 그러면서도 주저하는 게 분명했다.

"일부러 그러지 마. 밖에서 안내인과 기다리면 돼."

북소리가 시작되자 넬슨이 타협안을 내놓았다. "음, 딱 일 분만 있을게. 어떤 건지 궁금하거든."

니콜은 신선한 밤공기를 맡으며 기다리면서 왠지 상처받은 느낌이 들었다. 넬슨이 마일스 부인이 남아 있다는 핑계로 당장 나오지 않은 것에 기분이 상했다. 화가 난 그녀는 안내인에게 돌아가고 싶다고 손짓했다.

넬슨은 이십 분 후에 돌아왔다. 아내가 먼저 가 버려 화가 난 데다 자기가 아내를 혼자 내버려 두었다는 죄의식을 숨기고 싶어서 초조해했다. 그들은 더 이상 서로를 믿지 못하고 돌연 다투고 말았다.

한참 후에 부사다[18]에서 그 어떤 소리도 들리지 않고, 시장의 유랑객들이 모자 달린 외투를 둘둘 감고 꼼짝 않고 누웠을 즈음 그녀도 그의 어깨에 몸을 기대고 잠이 들었다. 삶은 우리의 의도와 상관없이 계속되지만, 누군가는 상처를 입으며 합의가 이루어지지 않을 수 있다는 선례도 생겨난다. 그래도 이 같은 사랑 싸움은 상당히 오래 견딜 수 있다. 그녀와 넬슨은 젊은 시절에 외로웠다. 이제 그들은 살아 있는 세계의 맛과 냄새를 원했으며, 지금까지는 서로에게서 그것을 갈구했다.

한 달 후에 그들은 소렌토로 갔다. 니콜은 성악 수업을 받고 넬슨은 나폴리 만 안에 새로운 것을 그려 넣고 싶어 했다. 그들이 계획하고, 책에서도 종종 읽어 봤던 존재 방식이었다.

18 알제리 중북부의 오아시스 도시.

그러나 목가적인 휴식은 한 사람이 '파티를 여는 것'에 따라 매력적일 수 있다는 사실을 그들 역시 알게 되었다. 다시 말해서, 한 사람이 배경과 경험, 인내를 제공하면 그에 대한 반작용으로 상대방이 어린 시절의 목가적인 평화로움을 다시 즐기는 것처럼 보인다는 것이다. 니콜과 넬슨은 나이가 너무 많은 동시에 또 너무 젊었고 또 속속들이 미국인이었다. 그래서인지 그들은 이 이국땅과 즉각적으로 부드럽게 일치할 수 없었다. 그들은 자신들의 생명력 때문에 불안해졌다. 아직까지 그의 그림에는 방향성이 없고 그녀의 노래에도 진지해질 전망이 보이지 않았다. 그들은 자기들이 "이룬 바가 없다."라고 말했다. 저녁은 길었고, 그들은 저녁 식사 때 카프리 와인을 많이 마시기 시작했다.

호텔은 나이가 들자 좋은 날씨와 마음의 안정을 찾아 남부로 내려온 영국인 소유였다. 넬슨과 니콜은 지루한 일상에 슬슬 부아가 치밀었다. 몇 달이 지나도 어떻게 사람들은 여전히 날씨 이야기만 하고 똑같은 길을 산책하고 저녁마다 똑같은 마카로니를 먹을 수 있는 것일까? 그들은 하루하루가 지겨워졌고, 지겨워진 이 미국인들은 어느새 흥밋거리를 찾기 시작했다. 어느 날 밤에 일들이 한꺼번에 터졌다.

그들은 포도주를 곁들여 저녁을 먹으면서 이제 파리로 건너가 아파트를 구하고 진지하게 일해야겠다고 결정했다. 파리에 가면 전 세계에서 모여든 사람들과 어울리고 또래 친구들도 사귈 수 있을 것이다. 이탈리아와는 달리 모두가 강렬할 것이다. 그들은 저녁을 먹고 나서 새로운 희망에 불타 살롱에 들렀다. 그날 넬슨은 그곳의 낡고 큰 전기 피아노를 열 번째로 보았는데 한번 쳐 보고 싶은 마음이 들었다.

살롱 맞은편에 영국인들이 앉아 있었는데, 그곳에서 그들이 유일하게 아는 사람들이었다. 이블린 프라젤 장군 부부였다. 사실 그 부부와의 관계라는 건 찰나적이고 불편한 것이기도 했다. 한번은 켈리 부부가 수영을 하려고 실내복 차림으로 호텔 밖으로 나오는 것을 보고 그때 몇 미터나 떨어진 곳에 있던 프라젤 부인이 그들의 차림이 너무 혐오스러우니 절대로 허용해서는 안 된다고 발언했던 것이다.

그러나 전기 피아노에서 처음으로 근사한 소리가 튀어나왔을 때 부인이 보인 반응과 비교해 보면 수영복 사건은 아무것도 아니었다. 피아노가 진동하면서 건반에 몇 년간 쌓였던 먼지가 털려 나가자 부인은 전기의자에 앉은 것처럼 움찔거렸다. 넬슨은 「로버트 E. 리를 기다리며」의 갑작스러운 소음에 스스로 깜짝 놀라 의자에 제대로 앉지도 못했는데 건너편에 앉아 있던 프라젤 부인이 치마 뒤에 달린 장식을 질질 끌며 달려와서는 켈리 부부를 쳐다보지도 않고 전원을 꺼 버렸다.

분명하고 정당한 몸짓이라고도, 그렇다고 분노한 몸짓이라고 할 수도 없는 반응이었다. 넬슨은 잠시 상황을 판단하지 못하고 주저했다. 그러나 프라젤 부인이 자기 수영복에 대해 오만하게 논평했던 것이 떠오르자 그는 부인의 옷자락이 아직도 펄럭이는 가운데 다시 악기 앞으로 가서 전원을 켰다.

이 일은 이제 국제적인 사건으로 비화되었다. 살롱에 앉은 이들의 눈이 일제히 사건의 주동자들에게 향했다. 다음에 어떤 일이 벌어질지 기다리는 시선들이었다. 니콜이 얼른 넬슨에게 달려가서 이제 그만하자고 했지만, 때는 이미 너무 늦었다. 격노한 영국 부인과 한 테이블에 앉아 있던 이블린 프라젤 장군이 벌떡 일어났다. 그로서는 레이디스미스[19]를 구조한 이후 가장 심각한 상황이 벌어진 것이었다.

"터무니없어, 터무니없어!"

"지금 뭐라고 하셨죠?" 넬슨이 물었다.

이블린 경이 중얼댔다. "이곳에서 십오 년이나 있었는데! 이런 일은 듣도 보도 못했네!"

"이 물건은 손님들 즐기라고 이 자리에 마련해 놓은 걸로 아는데요."

이블린 경은 대답하기를 거부하고, 무릎을 구부려 악기를 잡으려다가 그만 잘못해서 악기를 밀어 버리고 말았다. 그 바람에 악기의 속도와 소리가 세 갑절쯤 빨라지고 커져서 살롱은 아수라장이 되었다. 이블린 경은 군인답게 격노했고 넬슨은 미친 사람처럼 웃음을 터트리기 직전이었다.

곧 호텔 매니저의 듬직한 손이 그 문제를 해결해 주었다. 악기는 뜻밖의 낯선 소음 때문인지 잠시 떨다가 꾸르륵 하고 멈추더니 깊은 침묵을 지켰다. 이블린 경이 매니저를 바라보며 말했다.

"내 평생 이런 어처구니없는 사건은 처음이네. 내 아내는 악기를 껐는데 저자가……." 경이 처음으로 넬슨을 악기와 구별해서 말했다. "저자가 다시 켰네!"

"여긴 호텔의 공공장소이죠. 그리고 이 악기는 분명 사용하라고 있는 겁니다!" 넬슨이 반박했다.

니콜이 속삭였다. "괜히 싸움에 말려들지 마. 나이 드신

19 남아프리카 공화국 북서부의 도시로, 영국이 이 지역을 병합하고 건설하면서 당시 케이프 식민지 총독 부인의 이름을 따서 명명했다.

분들이잖아."

그러나 넬슨이 말했다. "사과를 해야 한다면 그건 분명 나에게 해야지."

이블린 경은 매니저에게 위협적인 시선을 던지며 그가 자신의 의무를 다하기를 기다렸다. 매니저는 이블린 경이 십오 년이나 호텔에 상주했다는 사실을 떠올리고 굽신거렸다.

"저녁에는 악기를 연주하는 관례가 없습니다. 손님들은 각자 자기 테이블에서 조용히 지내죠."

"미국 애송이들이란!" 이블린 경이 받아쳤다.

"좋습니다. 우리가 내일 이 호텔에서 떠나지요." 넬슨이 말했다.

그들은 이 사건의 반동이자 이블린 프라젤 경에 대한 항의로 파리 대신 몬테카를로로 갔다. 둘이서만 지내는 것도 이제 싫증이 나던 참이었다.

2

켈리 부부가 몬테카를로에서 머문 지 이 년이 조금 지난 즈음이었다. 니콜은 어느 날 아침에 일어났다가 자신이 늘 지내 온 장소가 완전히 다른 곳이 되는 그런 날을 맞이했다.

파리나 비아리츠에서 잠시 몇 달을 지내긴 했어도 이제는 이곳이 그들의 집이었다. 별장도 있고 봄과 여름에 방문하는 사람들도 많이 사귀게 되었다. 물론 여행사에서 주선하거나 지중해 크루즈를 따라온 사람들은 예외였다. 이런 사람들은 '여행객'으로 보였다.

그들은 친구도 많고 밤에는 음악이 흘러넘치는 여름의 리비에라를 사랑했다. 아침에 하녀가 강한 햇볕을 가리려고 커튼을 내리기 전에 니콜은 창문 너머로 T. F. 골딩의 요트를 바라보았다. 요트는 실제로 어딜 가는 건 아니고 그저 영원히 여행을 떠나는 자세를 취하듯 모나카 만의 파도 사이에 잠잠하게 떠 있었다.

해안가의 느린 박자를 택한 요트는 세계 일주를 할 수 있는데도 칸 정도까지만 갔다가 돌아와서 여름 내내 정박해 있었다. 그날 밤 켈리 부부는 요트 선상에서 만찬을 즐길 예정이었다.

니콜은 프랑스어를 능수능란하게 구사했다. 새 이브닝드레스가 다섯 벌이고 입을 만한 게 네 벌 더 있었다. 남편이 있고, 그녀를 사랑하는 남자가 두 명 더 있었다. 그중 한 명에게는 동정심도 들었다. 그녀는 얼굴도 예뻤다. 10시 30분에 그녀는 세 번째 남자를 만날 예정인데, 그는 '해를 입히지 않는 방식으로' 그녀를 이제 막 사랑하게 된 남자다. 1시에는 매력적인 열두 명의 친구와 오찬을 가질 예정이었다. 그녀의 삶은 그런 식이었다.

니콜은 환한 블라인드를 바라보며 생각했다.

'난 행복해. 젊고 아름다운 데다가, 여기저기 참석한다고 신문에도 종종 나오지. 사실 통속적인 것에 대해서는 그다지 신경 쓰지 않아. 아주 멍청한 짓이라고 생각하지만 이왕 사람을 만난다면 세련되고 재미있는 사람들이 나아. 누가 나를 속물이라고 한다면 그건 질투하는 거야. 그 사람도 그걸 알고 있고, 또 다들 알고 있지.'

두 시간 후에 몽타젤의 골프장에서 오스카 데인에게 니콜이 이런 생각을 털어놓자 그가 조용히 그녀를 비난했다.

"천만에, 당신은 그저 늙은 속물이 되어 가는 중이야. 당신이 만나는 그 술주정뱅이들이 재미있다고? 음, 세련되지도 못한 자들이지. 너무 고집불통이라 밀 자루에 든 못처럼 유럽 아래로 가라앉았다가도 지중해로 삐죽 튀어나오겠지."

화가 난 니콜이 누군가를 거명하자 그가 대꾸했다. "C급이군. 처음 시작하는 것치고는 괜찮았지만."

"콜비 부부, 어쨌든 부인은……."

"세 번째라지."

"칼브 후작 부부는?"

"부인이 약을 먹지 않고, 남편에게 그 괴상망측한 버릇이 없다면."

"음, 그러면 재미있는 사람들은 모두 어디 갔지?" 니콜이 더 이상 참지 못하고 물었다.

"자기네끼리 어딘가에 있겠지. 특별한 경우를 제외하면 무리 지어서 사냥에 나서진 않으니까."

"당신은 어때? 내가 거명한 사람들이 당신을 초대하면 냉큼 초대에 응할걸. 당신이 상상 이상으로 방탕하다는 이야기를 들었어. 당신을 여섯 달 동안 알아 온 사람치고 당신 수표를 10달러에라도 가져갈 사람은 없다고 하던데. 당신이 술고래에 기생충이고……."

그가 그녀의 말을 막았다. "잠깐만. 지금 이 티샷을 망치고 싶지 않아……. 그저 당신이 헛짚는 걸 보고 싶지 않을 뿐이야. 당신에게 국제 사회로 여겨지는 것들이 요즘은 크루살[20]의 라

20 카지노를 비롯한 유흥지.

운지에 들어가는 거나 마찬가지라니까. 또 내가 만약 남을 등쳐 먹고 살 수만 있다면 당신에게 내가 번 것보다 스무 배를 더 주겠어. 아마 우리처럼 빈둥대는 사람들이 유일하게 그러는 사람들일 거고 또 그래야 하니까 그러는 거지."

니콜은 크게 웃었고, 그가 아주 좋아졌다. 또 그의 손톱칼과 《뉴욕 헤럴드》 당일자를 오스카가 들고 갔다는 걸 알면 넬슨이 얼마나 화를 낼지 궁금해졌다.

후에 니콜은 오찬을 준비하기 하기 위해 집으로 운전해 가면서 생각했다.

'어쨌거나 우리는 곧 여기에서 빠져나갈 거고 좀 더 진지해지고 아기도 가질 거야. 이 마지막 여름이 끝나면.'

그녀는 꽃가게에 들렀다가 한 젊은 여자가 꽃을 한 아름 안고 나오는 것을 보았다. 그 젊은 여자가 화려한 색깔 너머로 자기를 힐끗 쳐다볼 때 니콜은 그녀가 아주 세련된 데다가 낯이 익다고 느꼈다. 한때 알긴 했지만 그다지 잘 아는 사람은 아니었다. 이름이 떠오르지 않아 고개를 끄덕일 수도 없었다. 니콜은 오후가 되자 그 일을 잊어버렸다.

오찬에는 모두 열두 명이 모였다. 요트에서 만난 골딩 부부 일행, 리들과 카딘 마일스 부부, 데인스 씨까지 모두 일곱 개국 출신이라고 니콜은 헤아렸다. 그중에는 프랑스 출신의 젊고 아름다운 들로니 부인도 있었는데, 니콜이 가볍게 '넬슨의 여자'라고 부르는 여자였다. 노엘 들로니는 아마 니콜의 가장 가까운 친구일 것이다. 골프를 치거나 여행을 갈 때 네 명이 필요하면 노엘은 넬슨과 짝이 되었다. 그러나 니콜은 오늘 노엘을 '넬슨의 여자'라고 농담조로 소개하면서 혐오감을 느꼈다.

니콜은 오찬 때 큰 소리로 말했다. "넬슨과 나는 여기를 떠날 거예요."

그러자 모두 자기네도 떠날 거라고 했다.

누군가가 말했다. "영국인들에게는 괜찮은 일이죠. 일종의 죽음의 춤을 추는 셈이니까. 곧 파멸할 요새에는 세포이 병사들[21]이 수문을 지키고 있고 소란스럽죠. 춤출 때의 얼굴을 보면 알 수 있어요. 그건 강렬함이죠. 그들은 그걸 알고 원할 뿐, 어떤 미래도 보지 않죠. 그렇지만 당신네 미국인들은 방탕한 시간을 즐겨요. 초록색 모자건 구겨진 모자건 무어라도 쓰고 싶다면 언제나 고개를 약간 기울여야 해요."

"우리는 완전히 떠날 거예요." 니콜은 단호하게 선언하면서도 마음속에서 무언가가 저항한다고 느꼈다. '정말 유감이야. 아름답고 푸른 바다와 이 행복한 시간.'

그다음은 뭘까? 그저 긴장이 완화되었다고 받아들였을까? 이에 대답하는 것이 넬슨이 해야 할 일이었다. 그는 아무 성과도 내지 못한 데 대한 불만감을 폭발시키고 둘을 위한 새로운 삶으로 뻗어 가야 했다. 아니면 새로 희망을 갖고 삶에 만족하거나. 그건 그가 남자로서 지켜야 할 비밀이었다.

"음, 모두 잘 가요."

"근사한 점심 식사였어요."

"완전히 떠난다는 거, 잊지 말아요."

"나중에 만나요……."

손님들은 각자 자기의 차를 향해 걸어갔다. 술을 마셔서

21 영국의 동인도 회사에 고용된 인도인 용병으로, 영국에 대항하여 전국적인 민족 항쟁을 촉발시켰다.

불쾌해진 오스카만 니콜과 함께 베란다에 남았다. 그는 자신이 수집한 우표를 보여 주려고 어떤 여자를 초대한 일에 대해 쉬지 않고 수다를 떨었다. 니콜은 갑자기 사람들이 지겨워져 혼자 있고 싶었다. 그녀는 그의 말을 잠시 듣다가 오찬 테이블에 놓인 유리 꽃병을 들고 프렌치 창문[22]을 지나 그늘지고 어두운 집 안으로 들어갔다. 수다를 떠는 그의 목소리가 계속 그녀의 뒤를 따라왔다.

베란다에서 여전히 오스카의 독백 소리가 들릴 때 니콜은 첫 번째 방을 가로질렀다. 그때 옆방에서 다른 목소리가 들리기 시작했다. 그 목소리는 오스카의 목소리와 예리하게 엇갈려 나왔다.

"아, 또 키스해 줘." 그 목소리가 잠시 멈추었다. 니콜도 얼어붙은 것처럼 멈추었고, 베란다의 목소리만 가끔씩 침묵을 깨트렸다.

"조심해."

니콜은 노엘 들로니의 희미한 프랑스식 억양을 알아챘다.

"조심하는 것도 지겨워. 어쨌든 그들은 베란다에 있으니까."

"아니, 늘 만나던 장소가 더 나아."

"자기, 사랑하는 자기야."

베란다에서 오스카 데인의 목소리가 서서히 잦아들다가 멈추었다. 그러자 니콜은 마비에서 풀려나듯이 한 걸음을 떼었지만 앞으로 가려던 건지 뒤로 가려던 건지 알 수 없었다. 복도에서 그녀의 하이힐 소리가 나자 옆방에 있던 두 사람이

22 양옆으로 열리는 창문인데, 보통 정원으로 통한다.

재빠르게 떨어지는 소리가 들렸다.

니콜은 안으로 들어갔다. 넬슨은 담배에 불을 붙이는 중이었고 노엘은 등을 돌린 채 의자에 놓였던 모자와 지갑을 찾는 모양이었다. 니콜은 들고 있던 유리 꽃병을 던졌다. 분노보다는 맹목적인 공포감으로 인해 꽃병을 자신에게서 밀쳐 낸 것이었다. 굳이 누구를 겨냥했다면 그건 넬슨이었겠지만 자신의 감정이 그 무생물에도 스며들었는지 꽃병은 그를 지나쳐서 막 고개를 돌리던 노엘 들로니의 머리와 얼굴을 정통으로 가격했다.

넬슨이 외쳤다. "어, 이런!"

노엘은 자신이 서 있던 앞쪽 의자에 천천히 앉아서 손으로 얼굴 옆을 조심스레 가렸다. 꽃병은 두꺼운 양탄자에 떨어졌지만 깨지지 않았고 꽃만 사방으로 떨어졌다.

"조심해!" 노엘 옆에 서 있던 넬슨이 어떻게 되었는지 보려고 그녀의 손을 얼굴에서 떼어 내려 했다.

노엘이 프랑스어로 속삭였다. "이 액체가 피야?(C'est liquide, Est-ce que c'est le sang?)"

넬슨이 그녀의 손을 억지로 떼어 내고는 숨 가쁘게 소리쳤다. "아니, 그냥 물이야!" 그러더니 막 방으로 들어온 오스카에게 "코냑 좀 가져와!"라고 외치더니 니콜에게 "당신 바보야? 당신은 미쳤어!"라고 소리 질렀다.

니콜은 가쁘게 숨을 내쉴 뿐 아무 말도 하지 않았다. 오스카가 술을 가져온 후에도 침묵이 이어졌다. 다들 수술 장면을 주시하는 사람들 같았다. 넬슨이 노엘의 목에 술을 부었다. 니콜은 오스카에게 한잔하자고 신호를 보냈다. 술 없이는 침묵을 깨기가 두렵다는 듯이 다들 브랜디를 마셨다. 노엘과 넬슨이 동시에 입을 열었다.

"당신이 내 모자를 찾아 준다면……."

"이 일은 정말 바보 같고……."

"……당장 가겠어요."

"……한심해. 난……."

모두 자신을 바라보자 니콜이 말했다. "노엘의 차를 문 앞에 대기시켜요."

오스카가 얼른 나갔다.

넬슨이 걱정스럽게 노엘에게 물었다. "의사에게 가 보지 않아도 되겠어?"

"집에 가고 싶어."

차가 떠난 후에 넬슨이 안으로 들어와서 브랜디를 한 잔 더 따랐다. 그의 표정에 긴장감이 파도처럼 넘쳐 났다. 니콜은 그것을 보았고 또한 그가 최대한 그걸 이용하려 한다는 것도 알아챘다.

"당신이 왜 그런 짓을 했는지 알고 싶어, 아니, 가지 말게, 오스카." 그는 그 이야기가 사방으로 퍼져 나갈 거라고 생각했다.

"어떤 이유로……."

"아, 입 닥쳐!" 니콜이 짧게 말했다.

"내가 노엘과 키스한다 해도 그리 끔찍해할 이유가 없어. 전혀 심각하지 않아."

그녀가 냉소적으로 말했다. "당신이 그녀에게 뭐라고 하는지 들었어."

"당신은 미쳤어."

니콜은 넬슨이 자기를 미쳤다는 식으로 말하는 데 아주

화를 냈다.

"당신은 거짓말쟁이야! 내내 공정한 척하고 또 내 일에는 그렇게 까다롭게 굴더니만 결국 내 등 뒤에서 놀아났어. 저 어린……."

그녀는 욕설을 퍼부었고 그런 다음에 더욱 화가 나서 그의 의자로 돌진했다. 넬슨은 이 갑작스러운 공격을 막으려고 재빨리 팔을 들어 올렸다가 그만 손으로 그녀의 눈을 쳤다. 그녀는 십 분 전의 노엘처럼 손으로 얼굴을 가리면서 바닥에 쓰러져 울었다.

"너무 지나친 거 아닌가?" 오스카가 소리쳤다.

넬슨도 인정했다. "그래, 그런 것 같아."

"자네는 베란다로 나가서 진정 좀 하게."

오스카는 니콜을 소파에 앉히고 옆에 앉아 그녀의 손을 잡고 말했다.

"진정해, 진정해. 당신이 잭 뎀프시[23]라도 돼? 프랑스 여자들을 치고 다니면 안 돼. 그러다 고소당할 거야."

그녀가 신경질적으로 소리쳤다. "그이가 그 여자에게 사랑한다고 했어. 그리고 그 여자는 늘 만나던 장소가 낫다고 했어……. 지금 그이가 거기로 가 버린 거야?"

"베란다로 나갔어. 거기서 서성이면서 당신을 쳐서 너무나 미안하다고, 노엘 들로니를 만나서 미안하다고 하고 있어."

"그래, 잘났어!"

"당신이 잘못 들었을지도 모르고 그건 아무것도 입증하지 않아, 어쨌든."

23 미국의 전설적인 프로 복서.

이십 분 후에 넬슨이 갑자기 들어와서는 아내 옆에 무릎을 꿇고 앉았다. 오스카 데인은 자신이 해야 할 일 이상을 했다는 확신이 들어서 신중하게 문 뒤로 물러났다.

한 시간 후에 넬슨과 니콜은 팔짱을 끼고 별장에서 나와 천천히 카페드파리로 걸어갔다. 그들은 한때 누렸던 소박함으로 회귀하려는 듯이, 또한 지나치게 엉클어진 것을 다시 풀려는 듯이 자동차도 타지 않고 걸었다. 니콜은 그의 변명을 받아들였다. 믿을 만해서가 아니라 너무나 믿고 싶었던 것이다. 둘 다 말이 없었지만 마음속으로는 유감스러웠다.

그 시간의 카페드파리는 쾌적했다. 노란 차양과 붉은 파라솔을 뚫고 해가 지는 모습이 마치 스테인드글라스 그림 같았다. 니콜은 주위를 둘러보다가 그날 아침 맞닥뜨렸던 젊은 여자를 보았다. 그 여자는 어떤 남자와 함께 있었는데, 넬슨은 그들이 삼 년 전에 알제리에서 만났던 바로 그 젊은 부부임을 알아챘다.

그가 말했다. "그들은 변했어. 우리도 그렇겠지만 저 정도는 아닌데. 표정도 거칠고 남자는 알코올 중독인 것 같아. 중독성은 언제나 어두운 곳보다 밝은 곳에서 드러나지. 저 여자는 여기 식으로 표현하자면 유행의 모든 것(tout ce qu'il y a de chic)이지만 여자의 표정에도 거친 구석이 있군."

"난 저 여자가 좋은데."

"가서 그때 그 부부냐고 물어볼까?"

"그러지 마! 그러면 우리도 외로운 관광객 같을 거야. 저들은 일행이 있을 텐데."

그때 한 무리의 사람들이 그들의 테이블로 와서 앉았다.

얼마 후에 니콜이 물었다. "넬슨, 오늘 밤은 어때? 그런 일이 있었는데 우리가 골딩스에 갈 수 있을까?"

"그럴 수 있을 뿐만 아니라 그래야 해. 우리도 없는데 그 이야기가 돈다면 아주 짜릿한 소문거리를 주는 셈이 될 거야……. 어! 도대체 무슨 일이야……."

카페 건너편에서 눈에 거슬리는 격렬한 소란이 벌어졌다. 한 여자가 소리를 지르자 한 테이블에 앉았던 사람들이 모두 벌떡 일어서서 우왕좌왕했다. 그러자 다른 테이블에 앉았던 사람들도 모두 일어나서 앞으로 몰려갔다. 켈리 부부는 그들이 바라보던 여자의 얼굴을 잠시 보았다. 분노로 일그러지고 창백한 얼굴이었다. 니콜은 공포에 질려 넬슨의 소매를 잡아당겼다.

"나가자. 오늘 밤은 더 이상 못 참겠어. 집에 데려다 줘. 모두 미친 거야?"

넬슨은 집으로 돌아가면서 니콜의 얼굴을 쳐다보고는 흠칫 놀랐다. 결국 그들은 골딩스의 요트에 가서 저녁을 먹지 못할 것이다. 니콜의 눈에 든 멍은 눈에 잘 띄고 분명했다. 11시까지는 사방의 화장품을 아무리 덕지덕지 바르더라도 어쩔 도리가 없으리라. 그는 가슴이 철렁했고 집에 갈 때까지 아무 말도 하지 않아야겠다고 다짐했다.

3

"죄의 근원을 피하라.[24]"라는 진부한 경구에는 현명한 충

24 가톨릭교 '통회의 기도'의 일부.

고가 담겨 있다. 한 달 후에 켈리 부부는 파리에 도착해서 더 이상 가서는 안 되는 곳과 다시 보고 싶지 않은 사람들의 명단을 양심적으로 작성했다. 인기 있는 술집 몇 군데와 유난히 예의를 따지는 곳 두어 군데를 제외하고 나이트클럽 전부, 새벽까지 문을 여는 갖은 종류의 클럽 그리고 요란스럽고 의기양양하고 아무런 규제도 없는 모든 여름 휴양지도 포함시켰다. 여름이면 사람들의 발길을 가장 많이 끄는 곳들이다.

그들이 관계를 끝장내기로 한 사람 중에는 지난 이 년간 서른네 번째로 지나쳤던 사람들도 포함되었다. 그들은 속물주의 때문이 아니라 자기 보존을 위해 이런 일을 감행했는데, 사람들과의 관계가 영원히 단절될 수 있다는 두려움을 느끼지 않은 것도 아니었다.

그러나 세상은 언제나 호기심을 끄는 곳이었고, 다가갈 수 없다는 이유만으로 가치가 더욱 높아지는 사람들도 있었다. 그들은 다수에서 분리된 사람들에게만 흥미를 느끼는 자들이 파리에 많다는 것을 알게 되었다. 그들이 처음 알게 된 무리는 주로 미국인들이고 유럽인이 몇 명 포함되어 있었다. 두 번째는 주로 유럽인들이고 미국인이 양념처럼 끼어 있었다. 이 두 번째 무리는 '사회'였고 여기저기에 궁극적인 분위기를 안겨 주었다. 높은 지위, 대단한 재산, 천재성과 권력을 지닌 사람들로 이루어진 사회였다. 켈리 부부는 대단한 자들과 친해지진 않았지만 더욱 보수적인 유형의 새 친구들을 사귀었다. 게다가 넬슨은 다시 그림을 그리기 시작했다. 개인 스튜디오도 가졌고 브랑쿠시와 레제와 뒤샹의 화실에도 가 보았다. 그들은 전보다 더 중요한 무언가의 일부가 된 것 같았고, 천박한 교제에 대한 이야기가 언급될 때면 유럽에서 보냈던 첫 이 년에 대해 모멸감을 느꼈다. 그래서 그들은 과거의 지인들을 '그 무리'나 '시간만 허비하는 사람들'이라고 칭했다.

그들은 나름대로 규칙을 지키면서도 손님을 집으로 자주 초대했고, 다른 사람들의 집에도 들렀다. 그들은 젊고 잘생기고 머리도 좋았다. 어떤 것이 유행이고 또 어떤 것이 한물간 것인지 알게 되었고 그에 적응해 나갔다. 더욱이 천성적으로 관대한 편이어서 상식의 범위 안에서라면 기꺼이 돈을 쓸 준비가 되어 있었다.

사람은 밖에 나가면 보통 술을 마신다. 그러나 니콜에게는 이런 것이 별로 중요하지 않았다. 그녀는 다만 자신이 공들여 만든 분위기, 예컨대 꽃의 촉감이나 찬미의 빛을 잃을까 두려워했다. 그러나 그녀보다 약간 삐딱한 넬슨은 좀 더 솔직하고 천박한 세상에서 그러는 것처럼 이런 소규모 저녁 모임에서도 자주 술을 마시고 싶어 했다. 그는 알코올 중독자가 아니어서 남의 눈에 띄거나 어리석은 짓을 하지는 않았으나 술의 자극이 없는 사교 모임에는 더 이상 나가기를 꺼려 했다. 파리에서 일 년을 지낸 후에 니콜은 남편이 책임감을 갖고 더 진지해질 수 있도록 아이를 가져야겠다고 결심했다.

바로 이 무렵에 그들은 치키 사롤라이 백작을 알게 되었다. 백작은 오스트리아 궁정의 매력적인 유물과 같은 존재로, 재산도 없고 허세를 부리지도 않았지만 프랑스의 사교계나 재계에서 꽤 탄탄한 입지를 얻고 있었다. 그의 누이는 드라클로뒤롱델 후작 부인이었는데, 후작은 오래된 가문의 귀족일 뿐만 아니라 파리에서 성공한 은행가였다. 솔직히 말해서 치키 백작은 여기저기 돌아다니면서 오스카 데인처럼 기식하는 편이었지만 차원이 달랐다.

백작은 주로 미국인들에게 기대었다. 그는 그들이 곧장 돈을 버는 신비한 공식을 흘릴 것 같다는 확신을 갖고 처량할 정도로 그들의 말에 집착했다. 그는 우연히 켈리 부부를 알게 되자마자 부부에게 관심을 쏟았다. 니콜이 임신한 동안 그는 늘 그들의 집에 찾아와 미국의 범죄, 속어, 재정, 예절 등 무엇에나 끊임없이 흥미를 보였다. 그는 점심이나 저녁 식사 시간에 갈 데가 없으면 들르곤 했다. 그리고 감사하다는 무언의 표시로 자기 누이에게 니콜을 방문하라고 말했고, 이 일로 니콜은 아주 기분이 우쭐해졌다.

니콜이 입원한 동안 백작이 그들의 아파트에 머물면서 넬슨의 친구가 되어 주기로 했다. 둘은 만나면 늘 술이었기 때문에 니콜로서는 그다지 내키지 않는 일이었다. 그러나 이 일이 결정된 날에 백작은 센 강의 이름 높은 운하 유람선 파티를 자기 매제가 주최할 거라는 소식을 가져왔다. 켈리 부부 역시 초대를 받았는데 파티는 다행히도 분만 예정일에서 삼 주 뒤로 잡혀 있었다. 결국 니콜이 아메리칸 병원에 이송되었을 때 치키 백작이 집으로 들어왔다.

태어난 아이는 사내애였다. 니콜은 사람들이며 그들이 가진 지위며 가치를 잠시 잊고 지냈다. 그녀는 심지어 한때 자기 역시 속물이었다는 사실에 놀라워했다. 하루에 여덟 번씩 자신의 젖가슴 앞에 대령하는 이 신생아와 비교하면 다른 모든 것들이 시시해 보였기 때문이다.

니콜과 아기는 두 주 후에 아파트로 돌아왔지만 백작과 그의 시종은 계속 머물렀다. 이즈음 켈리 부부는 백작이 자신의 매제가 주최하는 파티 때까지만 머물 거라고 생각하며 묵인하고 있었다. 그래도 아파트는 비좁았고, 니콜은 백작 일행이 떠났으면 싶었다. 그러나 이왕 사람들을 만나야 한다면 최고여야 한다는 그녀의 오래된 생각은 드라클로뒤롱델 부부에게 초대되는 것으로 구체화되었다.

파티가 거행되기 전날이었다. 니콜이 긴 의자에 누워 있을 때 백작이 그의 입김이 들어간 것이 분명한 파티 절차에 대해 설명해 주었다.

"파티에 온 사람들은 미국식으로 칵테일 두 잔을 마셔야만 승선할 수 있어요. 그게 바로 입장권인 셈이죠."

"생제르망처럼 세련된 곳에 사는 사람들은 칵테일을 마시지 않는 줄 알았는데요."

"아, 우리 가문은 아주 현대적이라 미국식 관습도 많이 받아들였죠."

"어떤 사람들이 오나요?"

"전부 다요! 파리의 모든 사람들."

니콜의 눈앞에서 명사의 이름들이 날아다녔다. 다음 날 그녀는 담당 의사의 진료를 받다가 결국 파티 이야기를 꺼내고 말았다. 의사의 눈에 놀라움과 차마 믿을 수 없다는 표정이 엿보이자 그녀는 다소 기분이 언짢았다.

의사가 물었다. "내가 제대로 이해했나요? 내일 당신이 무도회에 갈 거라고, 그렇게 말했다고 이해한 게 맞나요?"

"예, 그래요. 그러면 안 되나요?" 그녀가 머뭇거렸다.

"친애하는 부인, 앞으로 이 주 동안 집 밖으로 나가면 안 돼요. 그 후로도 이 주 동안은 춤을 추거나 격렬한 행동을 해선 안 됩니다."

그녀가 소리쳤다. "말도 안 돼요! 이미 삼 주나 지났어요. 에스더 셔먼은 아기를 낳고 미국에 갔고……."

"그런 건 신경 쓰지 말아요. 다들 경우가 달라요. 부인은 합병증이 있어서 반드시 내 지시를 따라야 해요." 의사가 그녀의 말을 자르며 끼어들었다.

"딱 두 시간만 갔다 올 건데요. 물론 아기가 있는 집으로 돌아와야 하니까……."

"이 분도 못 나가요."

그녀는 의사의 심각한 어조로 보아 그의 말이 옳다는 것을 알아챘지만 너무 억울해서 넬슨에게는 그런 이야기를 꺼내지도 못했다. 대신 피곤해서 못 갈 수도 있다고만 했다. 그날 밤 그녀는 잠자리에 누워 자신의 두려움과 실망감을 비교하며 밤을 새웠다. 그녀는 아침에 아기에게 젖을 주려고 일어났다가 생각했다. '리무진에서 의자까지 열 걸음만 걸어가서 삼십 분만 앉아 있다가…….'

침대에서 의자까지 길게 펼쳐 놓은, 칼레[25]에서 주문한 연초록색 이브닝드레스를 보고 그녀는 최종 결정을 내리고 밖으로 나갔다.

손님들이 배에 올라 들뜬 기분으로 칵테일을 마시느라 배다리[26]가 분주한 와중에 니콜은 자기의 행동이 어리석었음을 깨달았다. 어쨌든 손님을 맞이하는 공식적인 줄 같은 건 없었다. 넬슨은 주최자들과 인사를 나누고 니콜에게 갑판의 자리를 마련해 주었고, 의자에 앉자 니콜은 곧 현기증이 사라지는 걸 느꼈다.

니콜은 파티에 온 것이 즐거워졌다. 배에 걸린 희미한 불

25 프랑스 북부의 항구 도시.

26 배와 부두를 연결하는 트랩.

빛의 랜턴들과 파스텔 빛깔의 다리와 어둑어둑한 센 강에 반사된 별빛이 한데 섞여 『아라비안나이트』에 나오는 아이의 꿈속 같았다. 제방에는 무슨 일인지 궁금해하는 관중들이 모여들었다. 샴페인이 술병들의 훈련처럼 소대별로 이동했고, 위층 갑판에서는 소란스럽지도 위압적이지도 않은 음악이 케이크에 설탕 장식이 흘러내리듯 떠돌았다. 니콜은 미국인이 자기들 말고도 또 있다는 걸 알게 되었다. 갑판 맞은편에 몇 년 동안 보지 못했던 리들 마일스 부부가 보였다.

'그 무리' 중의 일부이던 다른 사람들까지 보이자 니콜은 약간 실망했다. 이 파티가 후작이 주최한 최고의 파티가 아니라면? 그녀는 어머니가 집에서 보낸 두 번째 날들을 기억했다. 그녀는 옆에 있던 백작에게 유명 인사들을 알려 달라고 부탁했다. 그러나 그녀가 아는 유명 인사에 대해 묻자 백작은 그들이 파리에 없다거나 나중에 온다거나 올 수 없다는 식으로 애매하게 답변했다. 니콜은 건너편에서 몬테카를로의 카페드파리에서 보았던 여자도 본 것 같았지만 확신할 수 없었다. 거의 감지할 수 없을 정도로 미약한 배의 흔들림에 다시 현기증이 났던 것이다. 그래서 그녀는 넬슨에게 집으로 데려다 달라고 했다.

"물론 당신은 바로 다시 여기로 오면 돼. 난 곧장 잘 테니까 기다릴 필요 없어."

넬슨은 유모에게 부인을 부탁했다. 그녀가 2층으로 올라가자 유모가 따라와 얼른 옷을 갈아입도록 도와주었다.

"너무 피곤해. 내 진주 귀걸이를 치워 줄래요?" 니콜이 부탁했다.

"어디로요?"

"화장대의 보석 상자에."

잠시 후에 유모가 말했다. "보석 상자가 없는데요."

"그러면 서랍에 있겠지."

유모가 화장대를 샅샅이 뒤졌지만 아무런 소득이 없었다.

"당연히 거기 있어야 하는데."

니콜은 일어나려 했지만 너무 피곤해서 뒤로 나자빠졌다. "다시 좀 찾아봐요. 전부 다 거기 있어. 어머니의 유물 전부와 내 약혼 예물도."

"죄송합니다, 켈리 부인. 설명하신 물건이 이 방 안에는 없어요."

"하녀를 깨워요."

하녀는 아무것도 몰랐다. 그러나 니콜은 하녀를 끈질기게 심문 조사한 끝에 하녀가 뭘 아는지 밝혀냈다. 니콜이 외출하고 삼십 분 후에 사롤라이 백작의 시종이 그의 가방을 들고 밖으로 나갔다는 것이다.

니콜은 갑자기 몰려드는 고통이 너무 극심해서 몸까지 비틀었다. 의사가 급작스레 불려 와서 옆자리를 지켰고, 넬슨은 그로부터 몇 시간은 지난 후에야 집으로 돌아온 것 같았다. 그는 시체처럼 창백한 얼굴에 미친 사람처럼 눈을 번득이며 곧장 그녀의 방으로 들어왔다.

"당신은 어떻게 생각해?" 그가 거칠게 물었다가 의사를 보고는 다시 물었다. "어, 무슨 일이야?"

"넬슨, 아파 죽겠는데 보석 상자가 사라지고 치키의 시종도 사라졌어. 경찰에게도 알렸어. 치키라면 그자가 어디 있는지 알지도……."

그가 천천히 말했다. "치키는 다시는 이 집에 오지 않을 거야. 그게 누가 주최한 파티였는지나 알아? 누구 파티였는지 아느냐고!" 그가 웃음을 터트렸다. "그건 우리 파티였어. 우리 파티였다고. 알아듣겠어? 우리가 주최한 파티였어. 우리도 몰랐는데 우리가 열었다고!"

"잠깐만요, 부인을 흥분시켜서는 안 됩니다.(Maintenant, monsieur, il ne faut pas exciter madame.)" 의사가 말했다.

"후작이 일찍 돌아가는 것을 보고 이상하다고 생각했지만 전혀 의심하지 않았어. 그들은 그저 손님에 불과했어. 치키가 사람들을 모두 초대했어. 파티가 끝나자 음식업자들과 연주자들이 나에게 와서 청구서를 어디로 보내야 하느냐고 물어보더라고. 치키라는 우라질 작자는 내가 이미 아는 줄 알았다고 그러더군. 자기 매제가 여는 일종의 파티를 도와주겠다는 것과 거기에 그의 누이가 참석할 거라는 것만 약속했다고 하던데. 아마도 내가 술에 취했거나 프랑스어를 이해하지 못했나 보다고 잡아떼던데. 우리가 자기에게 영어는 절대 쓰지 않았다는 식으로 굴더라고."

"돈을 내면 안 돼! 돈을 낸다는 건 생각할 수도 없어!" 그녀가 말했다.

"내가 그렇게 말했더니 유람선 사람이며 다른 사람들 모두가 우릴 고소하겠대. 모두 1만 2000달러를 내놓으라는데."

그녀는 갑자기 기운이 빠졌다. "그만 가 버려! 신경도 쓰지 않을 거야! 보석을 몽땅 잃어버렸고 아파도 너무 아파!"

4

이것이 해외여행의 이야기인데, 지리적인 요소를 무시해

서는 안 된다. 켈리 부부가 북아프리카, 이탈리아, 리비에라, 파리와 그 사이의 여러 곳을 방문한 후에 결국 스위스로 간 것은 놀라운 일도 아니다. 스위스는 일어나는 일은 별로 없고 많은 일들이 끝나는 나라다.

과거에 여러 곳을 찾아다닐 때는 선택의 요소가 있었지만, 그들은 스위스에 꼭 가야 했다. 결혼하고 사 년이 지난 어느 봄날에 그들은 유럽 중심부의 호수에 도착했다. 산을 뒤로 하고 평온하고 쾌적한 목가적인 언덕이 펼쳐졌고, 물은 엽서에 나오는 것처럼 푸르렀다. 수면 아래로는 유럽 구석구석에서 여기까지 끌려온 모든 비참함이 흐르는 탓에 다소 음산해 보였다. 피로에 지쳐서 회복되기 힘들고, 죽어야 할 운명이다. 이곳에도 학교들은 있고, 햇볕이 잘 드는 양지에서는 젊은이들이 물을 튕긴다. 보니바르의 지하 감옥과 칼뱅의 도시가 있고 밤만 되면 바이런과 셸리의 유령이 어두운 물가를 떠돈다. 그러나 넬슨과 니콜 부부가 찾아온 제네바 호는 요양원과 휴양 호텔뿐인 황량한 곳이었다.

그들을 늘 따라다니던 불행한 운명 아래에 존재하는 깊은 동정심 때문인지 부부는 동시에 건강이 나빠지기 시작했다. 니콜은 연달아 두 번이나 수술을 받고 호텔 발코니의 침대에 누워 천천히 회복되기 시작했다. 그리고 넬슨은 3킬로미터 정도 떨어진 병원에서 황달 때문에 목숨을 걸고 투병했다. 스물아홉 살의 남은 힘으로 버티긴 했지만 앞으로 몇 달은 조용히 살아야 했다. 유럽에서 즐거움을 찾아 나선 하고많은 사람들 중에서 왜 자기들이 이런 불행을 맞아야 하는지에 대해 그들은 종종 생각해 보았다.

"우리 삶에 사람들이 너무 많았어. 한 번도 그들에게 저항

할 수 없었지. 아무도 없었던 첫해엔 너무나 행복했는데." 넬슨이 말했다.

니콜도 동의했다. "다시 우리만 남는다면 우리끼리 삶을 만들어 갈 수 있을 거야. 노력해 보자. 그러자, 여보."

두 사람 다 진심으로 친구가 필요한 날도 있었지만 그들은 상대에게 그 사실을 숨겼다. 그들은 비만인, 마약 중독자, 장애인 등 호텔을 채운 온갖 국적의 사람들 중에서 흥미로운 사람을 찾아보기도 했다. 그들로서는 새로운 삶이었다. 매일 의사 두 명이 찾아오기를 기다리거나 파리에서 우편물과 신문이 도착하기를 기다렸고, 마을 언덕을 산책하거나 호숫가의 울적한 휴양지를 케이블카를 타고 올라가 보기도 했다. 휴양지에는 카지노와 잔디 해변과 테니스 클럽과 관광버스들도 있었다. 그들은 타우크니츠 문고판과 노란 표지의 에드거 월러스도 읽었다. 매일 일정한 시간에 아기가 목욕하는 것을 보았고, 일주일에 사흘은 저녁 식사 후에 라운지에서 교향악단이 피곤해하면서도 끈기 있게 연주하는 것을 들었다. 그게 다였다.

호수 건너편의 포도 덩굴로 덮인 언덕에서 쾅 소리가 날 때도 있었다. 우박을 머금은 구름을 포격하면 포도밭에 폭풍이 오지 않도록 예방할 수 있었기 때문이다. 구름이 빠르게 떨어졌다. 처음에는 하늘에서 떨어지다가 나중엔 산에서 쏟아져 내리면서 격류로 변해 도로며 돌 도랑을 요란하게 씻어 내렸다. 그럴 때면 하늘은 어두컴컴하고 무시무시했고, 거친 번개가 번쩍이면서 세상을 쪼갤 것 같은 천둥이 내리쳤다. 산산조각으로 갈라진 구름들이 호텔 너머 바람을 향해 달아났다. 산과 호수는 완전히 사라졌고, 요동과 혼란과 어둠 속에서 호텔만이 몸을 웅크렸다.

그런 폭풍우 중이었다. 문이 저절로 열리면서 비바람이 몰아쳤고, 켈리 부부는 몇 달 만에 처음으로 아는 얼굴을 보았다. 그들은 신경 쇠약에 걸린 다른 환자들과 함께 1층에 앉아 있다가 새로 온 두 사람을 보았다. 남자와 여자였다. 알제에서 처음 만난 이후로 여러 번 엇갈린 부부였다. 넬슨과 니콜은 입 밖으로 말을 내진 않았지만 같은 생각을 했다. 마침내 여기, 이 황량한 곳에서 그들을 알아야 한다는 것이 무슨 운명 같았다. 상대 부부 역시 모호한 태도로 그들을 눈여겨보고 있었다. 그러나 무언가가 켈리 부부를 붙들었다. 그들의 삶에 사람들이 너무 많다고 막 불평하지 않았던가?

후에 폭풍이 잦아들어 소리 없는 비로 변했을 때 니콜은 유리로 된 베란다에 있는 여자의 옆에 있게 되었다. 그녀는 책을 읽는 척하면서 여자의 얼굴을 자세히 들여다보았다. 여자는 탐문하고 계산하는 듯한 얼굴이었다. 눈은 영리해 보였지만 그 속엔 평화가 없었다. 단 한 번의 시선으로도 사람들을 훑으면서 평가할 수 있는 그런 눈이었다.

"끔찍한 이기주의자로군." 니콜은 그 여자가 맘에 들지 않았다. 지쳐 보이는 뺨에, 눈 아래도 축 처져 있어서 건강이 좋지 않다는 걸 알 수 있었다. 팔다리마저 축 늘어져서 전체적으로 건강하지 못해 보였다. 여자는 비싼 옷을 걸쳤지만 그다지 단정하지 않았고, 호텔 사람들을 하찮게 여기는 것 같았다.

니콜은 여자가 별로였다. 말을 트지 않은 것이 다행이었다. 그러나 과거에 여자와 우연히 엇갈렸을 때 이런 점을 알아채지 못했다니 뜻밖이었다.

니콜이 저녁을 먹으면서 그 여자의 인상에 대해 말하자

넬슨 역시 같은 생각이라고 했다.

"바에서 그 남자와 부딪쳤는데, 우리 둘 다 광천수만 마셨길래 그래서 말을 걸어 보려다가 거울에 비친 남자의 얼굴을 보고 그러지 말기로 했어. 표정이 너무 나약하고 제멋대로여서 비열해 보일 지경이더군. 술을 대여섯 잔은 마셔야 눈이 뜨이고 입도 제대로 돌아갈 것 같던데."

저녁 식사 후에 비가 그쳤다. 이럴 때면 바깥의 밤이 좋았다. 켈리 부부는 선선한 공기를 찾아 어두운 정원을 돌아다녔다. 돌아오는 길에 얼마 전에 그들이 화제에 올렸던 부부를 만났다. 그 부부가 갑자기 옆길로 빠졌다.

"저 사람들도 우리를 알고 싶어 하지 않는 것 같은데." 니콜이 웃었다.

그들은 들장미 덤불과 향기롭게 젖은 이름 모를 꽃들 사이를 걸어 다녔다. 호텔 아래쪽의 테라스에서 300미터만 가면 호수에 닿았다. 몽트뢰와 베리의 불빛이 목걸이처럼 펼쳐지고 로잔은 어두컴컴한 펜던트 같았다. 호수를 가로질러 희미하게 반짝이는 불빛은 에비앙과 프랑스였다. 아래쪽 어디에선가 — 아마도 카지노에서 — 댄스 음악 소리가 크게 들렸다. 미국 노래 같았다. 몇 달 만에 미국 노래를 들으니 멀리서 벌어지는 일의 메아리 같았다.

알프스의 파노라마 경치 너머, 물러나는 폭풍의 후위에 자리한 검은 구름 띠 위로 달이 떠오르고 호수도 밝아졌다. 음악과 먼 불빛은 희망 같았고, 아이들이 사물을 바라볼 때의 매혹적인 거리(距離) 같았다. 넬슨과 니콜은 자신들의 삶이 그와 같았던 때를 마음속으로 돌이켜 보았다. 니콜이 그의 팔을 잡으면서 가까이 끌어당겼다.

"다시 모든 것을 가질 수 있어. 노력해 봐요, 여보." 그녀가 속삭였다.

두 개의 어두운 형체가 옆쪽의 그림자 속으로 들어와 아래의 호수를 내려다보자 니콜은 멈칫했다.

넬슨이 니콜에게 팔을 두르고 그녀를 끌어당겼다. 니콜이 말을 이었다.

"무엇이 문제인지 이해하지 못했을 뿐이야. 왜 우리가 평화와 사랑과 건강을 차례차례 잃었을까? 우리가 안다면, 누가 우리에게 말해 준다면, 노력할 수 있을 거야. 아주 열심히 노력할 텐데."

베른 알프스 위에서 마지막 남은 구름들이 스르르 사라졌다. 최후의 강렬함처럼 서쪽에서 희멀건 번개가 번쩍였다. 넬슨과 니콜이 고개를 돌리자 옆의 부부도 고개를 돌렸다. 밤은 잠시나마 대낮처럼 훤해졌다. 어둠과 나지막한 폭풍 소리, 공포에 질린 니콜의 고함 소리가 따라왔다. 그녀는 넬슨에게 몸을 던졌다. 그녀는 어둠 속에서도 그의 얼굴이 자기처럼 창백하고 긴장된 것을 보았다.

"봤어? 그들을 봤어?" 그녀가 울먹이며 속삭였다.

"그래!"

"그들은 우리야! 그들이 우리라고! 봤어?"

그들은 몸을 떨며 서로를 껴안았다. 구름이 어두운 산 덩어리와 섞였다. 잠시 후 넬슨과 니콜은 사방을 둘러보면서 조용한 달빛 아래 자신들 단둘뿐인 것을 깨달았다.

다시 찾아온 바빌론

1

"그리고 캠벨 씨는 어디 계신가?" 찰리가 물었다.

"스위스로 가셨습니다. 캠벨 씨는 건강이 아주 좋지 않으시거든요, 웨일스 씨."

"그거 안됐군. 그럼 조지 하트는?" 찰리가 물었다.

"미국으로 다시 돌아가 사업을 하고 계십니다."

"그럼 그 '스노우 버드'라는 사람은 지금 어디에 있나?"

"지난주에 들르셨지요. 참 그분의 친구인 셰퍼 씨는 아직 파리에 계시고요."

일 년 반 전에 적어 놓은 긴 목록 중에서 낯익은 사람이라고는 겨우 두 사람뿐이었다. 찰리는 수첩에 주소 하나를 휘갈겨 쓰고 그 쪽지를 찢어 내었다.

"혹 셰퍼 씨가 들르거든 이걸 전해 주게나." 찰리가 말했다. "처형 집 주소라네. 나는 아직 호텔을 정하지 않았거든."

찰리는 파리가 이렇게 텅 비어 있다는 사실을 알고도 그다지 실망하지 않았다. 그러나 '리츠' 바[27]가 이렇게 조용하다는 사실은 이상야릇하고도 불길한 느낌을 주었다. 그곳은 이제 더 이상 미국 분위기의 바가 아니었다. 내 집 같은 느낌이 아니라 정중한 느낌이 들었다. 프랑스 분위기로 다시 돌아가 있었던 것이다. 그는 택시에서 내려 호텔 도어맨을 보는 순간 이런 조용한 분위기를 느낄 수 있었다. 보통 때 이 시각이라면 바쁘게 뛰어다녀야 할 텐데도 도어맨은 종업원 전용 입구에서 제복을 입은 보이와 잡담을 나누고 있었다.

복도를 지나오는 동안 한때 떠들썩하던 여성 화장실에서도 단 한 사람의 따분한 말소리가 들려왔을 뿐이다. 바 안에 들어섰을 때 그는 옛날 습관대로 곧장 앞을 응시하면서 20피트의 녹색 양탄자 위를 걸어갔다. 그러고 나서 카운터 아래에 있는 발걸이 난간에 한쪽 발을 굳게 올려놓고 몸을 돌려 방 안을 돌아보았지만 보이는 것이라고는 한쪽 구석에 앉아 읽고 있던 신문 위로 힐끗 올려다보는 두 눈동자뿐이었다. 찰리는 바텐더 장(長)인 폴을 불렀다. 폴은 주가(株價)가 한창 오르던 주식 시장 말기에는 특별히 주문해 만든 자가용을 타고 출근했었다. 그렇지만 호텔에서 가장 가까운 모퉁이에 차를 세우고 내리는 배려를 잊지 않았다. 그러나 오늘 폴은 시골 별장에 가고 없고, 대신 앨릭스가 그에게 그동안의 소식을 전해 주었다.

"아니, 이제 그만하겠네." 찰리가 말했다. "요즈음엔 술을 삼가고 있다네."

27 리츠 호텔에 딸린 바를 가리킨다. 리츠 호텔은 20세기 초엽의 유명한 호텔 중 하나로 뒷날 리츠칼튼 호텔이 되었다.

앨릭스는 그에게 축하를 보냈다. "몇 년 전에는 참으로 많이 드셨지요."

"앞으론 술을 절제해 나갈 생각이야." 찰리는 확신에 차서 그에게 대답했다. "벌써 일 년 반 이상 절제하고 있거든."

"미국은 사정이 어떻습니까?"

"난 지난 몇 달 동안 미국을 떠나 있었네. 지금 프라하에서 일을 하고 있지. 회사 두세 개를 대신 맡아 운영하고 있어. 그곳 사람들은 나에 대해 잘 모르지."

앨릭스는 미소를 지었다.

"이곳에서 조지 하트가 독신자 파티를 열던 날 밤을 아직 기억하고 있나?" 찰리가 물었다. "한데, 참 클로드 피센든은 어떻게 되었지?"

앨릭스는 은밀한 얘기라도 나누듯 목소리를 낮추었다. "아직 파리에 계십니다만, 이제 이곳에 오시지 않습니다. 폴이 거절했지요. 일 년 이상이나 술과 점심 식사는 물론이고 저녁 식사까지 모두 외상으로 달아 놓아 외상값이 3만 프랑이나 되었지요. 마침내 폴이 외상값을 갚아 달라고 했는데, 그때 지불해 준 수표가 부도가 났지 뭡니까."

앨릭스는 안됐다는 듯이 고개를 내저었다.

"참으로 납득이 가지 않습니다, 그렇게 멋쟁이 양반께서. 지금은 아주 뚱뚱해지고……." 앨릭스는 두 손으로 통통한 사과 모양을 만들어 보였다.

찰리는 요란한 남성 동성애자 일행이 방 한구석에 진을 치고 앉아 있는 모습을 지켜보았다.

'저 무리는 어떤 일이 일어나도 끄떡도 하지 않겠지.' 찰리는 혼자 생각에 잠겼다. '주가가 올라가든 떨어지든, 남이 일자리를 잃고 빈둥거리든 일하든, 놈들은 언제나 그 타령이지.' 이곳의 분위기가 답답하게 느껴졌다. 그래서 그는 주사위를 가져오라고 하여 앨릭스와 술 내기 게임을 했다.

"웨일스 씨, 이곳에 오래 머무르실 예정입니까?"

"딸을 만나려고 사오 일 일정으로 왔다네."

"아아! 따님이 있으시군요?"

밖에는 조용히 비가 내리는 가운데 불꽃의 붉은색과 가스 불 같은 푸른색, 유령과도 같은 초록색 등 형형색색의 네온이 반짝이고 있었다. 늦은 오후가 되자 거리는 술렁대기 시작했고, 술집들이 불을 밝히고 있었다. 찰리는 카퓌신 가(街) 모퉁이에서 택시를 잡았다. 분홍빛으로 물든 위풍당당한 콩코르드 광장을 지나 그들은 자연히 센 강을 건넜다. 다리를 건널 때 찰리는 갑자기 센 강 좌안(左岸)[28]이 촌스러워 보인다는 생각이 들었다.[29]

길을 돌아서 가는 셈이었지만 찰리는 택시를 오페라 좌(座) 거리로 향하게 했다. 장엄한 건물 정면이 초저녁 시간의 푸르스름한 어스름에 휩싸인 모습을 보고 싶었고, 계속해서 「렌토보다 더 느리게」[30]의 처음 몇 음절을 울려대는 택시의 경적 소리가 제2제정 시대[31]의 나팔 소리라고 상상해 보고도 싶었다. 브렌타노 서점에는 철제 셔터가 굳게 닫혀 있었고, 레

28 센 강 남쪽 언덕 지역으로 주로 예술가와 학생들이 많이 살고 있다.

29 F. 스콧 피츠제럴드는 이 단락을 이 작품에서 삭제했다가 뒷날 『밤은 부드러워』(1934)에 삽입하였다.

30 프랑스 작곡가 클로드 드뷔시(1862~1918)의 피아노 곡으로 1910년에 처음 발표되었다.

31 제2공화정과 제3공화정 사이에 나폴레옹 3세가 집권한 기간(1852~1870)이다.

스토랑 '뒤발'의 아담하게 손질한 산울타리 뒤편에는 벌써 사람들이 저녁 식사 테이블에 둘러앉아 있었다. 그는 파리에 와서는 싸구려 레스토랑에서 식사를 한 적이 한 번도 없었다. 다섯 코스로 나오는 저녁 식사 값이 포도주까지 포함하여 4프랑 50상팀, 그러니까 미국 돈으로 겨우 18센트밖에 되지 않았다. 왠지 자신도 그곳의 음식을 한번 먹어 봤으면 하는 생각이 들었다.

택시는 계속 좌안 쪽으로 달려갔고, 갑자기 촌스러운 분위기가 느껴지는 듯했다. '난 이 도시를 나 스스로 망쳐 놓았지. 미처 그것을 깨닫지 못한 채 하루하루 세월이 지나갔고, 마침내 이 년이라는 세월이 흘러 모든 것이 사라져 버렸으며 나 자신마저도 사라져 버렸어.'

그는 서른다섯 살의 나이로 미남이었다. 아일랜드계 사람답게 표정이 다양하게 바뀌었지만, 미간에 새겨진 깊은 주름살 때문에 가볍다는 인상을 주지 않았다. 팔라틴 가(街)에 있는 처형 집의 현관 벨을 누를 때 그 주름살은 양 눈썹 끝에 닿을 만큼 깊게 파여 있었다. 복부에 경련이 일어나는 것을 느꼈다. 가정부가 문을 열자 그 뒤에서 아홉 살 난 귀여운 여자아이가 "아빠!" 하고 소리 지르며 달려 나오더니 물고기처럼 몸을 비틀면서 그의 가슴으로 뛰어올랐다. 그리고 아빠의 한쪽 귀를 잡고 얼굴을 옆으로 돌리고는 그 뺨에 자신의 뺨을 비벼 댔다.

"내 귀여운 딸."

"오, 아빠, 아빠, 아빠, 아빠, 아빠, 아빠, 아빠!"

여자아이는 아빠를 끌고 거실로 들어갔고, 그곳에는 남자아이 하나와 그의 딸과 같은 또래인 여자아이 하나 그리고 처형과 그 남편 등 온 가족이 기다리고 있었다. 그는 처형인 매리언에게 감격하는 듯한 기색도, 싫어하는 기색도 보이지 않도록 조심스러운 말투로 인사를 했지만, 그에 답하는 그녀의 인사는 좀 더 솔직하게 열의가 없었다. 그래도 그녀는 그의 딸에게 시선을 보냄으로써 그에 대한 뿌리 깊은 불신감을 최소화하려고 했다. 두 남자는 반갑게 인사를 나누었고, 링컨 피터스는 잠시 찰리의 어깨에 손을 얹었다.

방 안은 따뜻했고 안락한 미국적 분위기를 풍겼다. 세 아이들도 사이좋게 들락거리며 다른 방으로 통하는 노란 장방형 공간에서 놀고 있었다. 난롯불에서 탁탁 튀는 소리와 부엌에서 들려오는 프랑스 요리를 만드는 소리가 6시 무렵의 즐거운 분위기를 한껏 일러 주었다. 그러나 찰리는 마음을 편하게 가질 수 없었다. 몸속에서 심장이 딱딱하게 굳어지는 느낌이 들었고, 그가 전에 선물로 사다 준 인형을 두 팔로 꼭 껴안고 가끔씩 곁에 다가오는 딸에게서 겨우 자신감을 얻을 뿐이었다.

"정말로 굉장히 만족스럽습니다." 링컨의 물음에 찰리가 대답했다. "그곳에서는 전혀 돌아가지 않는 회사가 많지만 우리 회사는 오히려 전보다도 더 잘 돌아가고 있지요. 사실 아주 엄청나게 전망이 좋습니다. 저는 다음 달에 미국에 있는 여동생을 불러들여 집안일을 맡길 생각입니다. 작년 수입이 돈을 만지던 시절보다도 더 많았으니까요. 한데 이 체코 사람들이라는 게……."

특별한 목적이 있어서 자랑을 늘어놓기는 했지만, 그는 문득 링컨의 눈에 어렴풋하게나마 불안해하는 기색이 감도는 것을 알아차리고는 화제를 바꾸었다.

"아이들을 참 훌륭히 키우셨습니다. 점잖고 예의도 바르고요."

"우리는 오노리어도 훌륭한 애라고 생각하지."

매리언이 부엌에서 돌아왔다. 키가 크고 눈매에 근심 어린 표정을 띤 그녀는 한때 미국 여자다운 신선한 아름다움을 지니고 있었다. 그러나 찰리는 한 번도 그런 아름다움에 반응을 보인 적이 없었고, 사람들이 옛날에 그녀가 예뻤다고 말하는 것을 들을 때마다 언제나 의아하게 생각하곤 했다. 처음부터 두 사람은 서로에게 본능적으로 반감을 느끼고 있었던 것이다.

"한데 오랜만에 오노리어를 보니 어때요?" 그녀가 물었다.

"놀라워요. 열 달 사이에 저렇게 많이 자랄 수 있다니 참으로 놀랍습니다. 아이들이 모두 튼튼해 보이는군요."

"올 한 해에는 병원에 가 본 적이 없어요. 그래, 파리에 다시 돌아온 기분이 어떠세요?"

"주위에 미국 사람이 별로 없으니 아주 이상한 기분이 듭니다."

"난 오히려 기쁜데요." 매리언이 격한 말투로 말했다. "적어도 이제는 상점에 들어가도 백만장자 대접을 받지 않아도 되니까 말이에요. 우리도 다른 사람들과 마찬가지로 어려움을 겪었지만, 지금은 전반적으로 전보다 훨씬 살기가 좋아졌어요."

"하지만 좋은 상태가 계속되던 시절이 좋았지요." 찰리가 말했다. "우리는 뭐랄까 거의 절대 권력을 지닌 왕과 같았으니까요. 마치 마력이라도 지니고 다니는 것처럼 말이지요. 오늘 오후에 잠깐 바에 들렀는데," 그는 아차 실수한 것을 깨닫고 머뭇거렸다. "아는 얼굴이 하나도 없었어요."

그녀는 날카롭게 그를 바라보았다. "술집이라고 하면 이젠 신물이 날 거라고 생각했는데요."

"아주 잠깐 들렀었습니다. 오후마다 한 잔씩 마시고 있으니까요. 그 이상은 절대 입에 대지 않지요."

"저녁 식사 전에 칵테일 한잔할 텐가?" 링컨이 물었다.

"오후에 한 잔씩만 마시고 있는데, 오늘분은 벌써 마셨습니다."

"그 결심을 계속 지켰으면 좋겠어요." 매리언이 말했다.

그 냉랭한 말투에는 분명 혐오감이 배어 있었지만 찰리는 오직 미소를 지을 뿐이었다. 그에게는 더 큰 목적이 있었기 때문이다. 그녀의 공격적인 태도는 오히려 자신에게 유리하며, 기다리는 것이 상책이라는 점을 잘 알고 있었다. 그가 파리에 온 목적을 그들도 짐작하고 있을 테니까 그들 쪽에서 먼저 그 얘기를 꺼내기를 바랐다.

저녁을 먹으면서 찰리는 오노리어가 자신들을 닮았는지 아니면 엄마를 닮았는지 결정을 내릴 수가 없었다. 자신들을 파멸로 이끈 두 사람의 특징 모두를 가지고 있지 않다면 천만다행일 텐데 말이다. 그녀를 지켜 주어야겠다는 사명감이 큰 파도처럼 엄습해 왔다. 그녀를 위해 무엇을 해야 할지 그는 잘 알고 있었다. 인간의 품성이라는 것을 믿고 있었다. 할 수만 있다면 한 세대 이전으로 훌쩍 거슬러 올라가 다시 한 번 인간의 품성이야말로 영원한 가치가 있는 것이라 믿고 싶었다. 그 밖에 다른 것들은 모두 닳아 없어져 버렸다.

저녁 식사를 한 뒤 그는 곧바로 처형의 집을 나왔지만 숙소로 돌아가지 않았다. 옛날과는 달리 좀 더 선명하고 좀 더 사리 분별 있는 시선으로 파리의 밤 풍경을 보고 싶었다. 그는 '카지노'[32]의 보조석 표 한 장을 사서 조세핀 베이커[33]가 초콜릿처럼 감미롭게 아라비아풍의 춤을 추는 것을 구경했다.

한 시간 뒤에 극장에서 나온 그는 몽마르트르를 향해 피갈 가를 거쳐 블랑슈 광장으로 어슬렁거리며 올라갔다. 어느새 비는 그치고 카바레 앞에서 야회복 차림을 한 몇 사람이 택시에서 내리고 있었다. 창녀들도 혼자 또는 둘씩 짝을 지어 손님을 찾아 헤매고 있었고, 흑인들이 많이 눈에 띄었다. 음악이 새어 나오는, 불을 환하게 밝힌 입구를 지나가다 그는 문득 친근한 느낌이 들어 발길을 멈추었다. 그 옛날 그가 많은 시간과 돈을 날려 버렸던 '브릭톱'이었다. 서너 집 더 앞으로 걸어가다가 한때 자주 들르던 장소를 찾아낸 그는 경솔하게 그만 고개를 들이밀고 말았다. 순간 오케스트라가 기다리고 있었다는 듯이 갑자기 연주를 시작했고, 직업 댄서 두 사람이 춤을 추기 위해 자리에서 벌떡 일어났으며, 호텔 매니저가 그에게 달려와 "사장님, 손님들이 지금 막 도착하고 있는뎁쇼!" 하고 소리쳤다. 그러나 그는 재빨리 되돌아 나왔다.

'곤드레만드레 취한 상태가 아니고서야 누가 이런 데를 들어가겠나.' 그는 속으로 생각했다.

카바레 '젤리'는 문이 닫혀 있었고, 그 주변의 을씨년스럽고 불결한 싸구려 호텔들도 모두 어두컴컴했다. 블랑슈 가에 이르자 불빛이 더욱 찬란했고, 방언을 사용하는 이곳 토박이들이 무리를 지어 모여 있었다. '시인의 동굴'은 이미 없어졌

32 카지노 드 파리. 누드 쇼를 하는 유흥업소.

33 미국 출신의 혼혈 댄서로 아라비아풍의 춤을 잘 추었다.

지만, '카페 천국'과 '카페 지옥'은 둘 다 여전히 입을 크게 딱 벌리고 있었다. 그가 바라보는 동안 관광버스가 싣고 온 빈약한 먹이를 단숨에 집어삼켜 버렸다. 독일인 한 사람, 일본인 한 사람 그리고 미국인 부부 한 쌍으로, 그들은 겁에 질린 듯한 시선으로 그를 힐끔 쳐다보았다.

몽마르트르에서 손님을 끄는 노력이나 기발한 아이디어라는 것은 고작 이 정도 수준밖에 되지 않았다. 악을 부추기고 낭비를 조장하는 취향이 꼭 어린애들 장난 같았다. 갑자기 그는 '방탕'이라는 말의 의미를 알 것 같은 기분이 들었다. 희박한 공기 속으로 사라져 버리는 것, 무엇인가 유(有)를 무(無)로 만들어 버리는 것 말이다. 늦은 밤 시각에 이 술집에서 저 술집으로 옮겨 다닌다는 것은 하나같이 아주 힘이 드는 일이며, 따라서 동작이 점점 느려지는 특권에 대해 더 많은 돈을 지불해야 했다.

그는 악단에게 곡 하나를 연주해 달라고 1000프랑짜리 지폐를 몇 장 집어 주거나, 택시를 불러 달라며 도어맨에게 100프랑짜리 지폐를 몇 장 쥐여 주던 일을 떠올렸다.

그러나 그것은 헛되이 써 버린 돈은 아니었다.

심지어 아무리 헛되게 뿌린 돈이라도 그것은 가장 기억할 만한 가치가 있는 것들, 언제나 기억하게 될 것들을 기억하지 않도록 운명의 신에게 바친 제물이었다. 자신의 통제에서 벗어난 딸아이와 버몬트[34] 주의 묘지 속으로 도망쳐 버린 아내 말이다.

34 미국 동북부에 있는 주(州)로 산간 지방이다. 이곳에 찰리 웨일스의 아내가 묻혀 있다.

한 레스토랑의 눈부신 조명 속에서 한 여자가 그에게 말을 걸어왔다. 그는 그 여자에게 달걀과 커피를 사 주고 나서 그녀의 유혹하는 시선을 외면한 채 20프랑짜리 지폐를 한 장 쥐여 주고는 택시를 타고 호텔로 돌아왔다.

2

잠에서 깨어 보니 미식축구를 하기에 안성맞춤인 화창한 가을 날씨였다. 어제의 우울한 기분은 사라지고, 길거리에 있는 사람들에게도 왠지 호감이 갔다. 정오에는 '르 그랑 바텔'에서 오노리어와 마주 보며 앉아 있었다. 2시에 시작되어 어스름한 일몰에 끝나는 샴페인을 곁들인 긴 점심과 저녁 식사의 추억이 떠오르지 않는 레스토랑이라고는 이곳밖에 생각해 낼 수 없었던 것이다.

"그럼 채소는 어때? 채소도 좀 먹어야 되지 않겠니?"

"네, 그럴게요."

"시금치와 꽃양배추, 당근 그리고 강낭콩이 있는데."

"전 꽃양배추가 좋아요."

"채소 두 가지 먹어 보지 않을래?"

"점심 땐 늘 한 가지만 먹어요."

웨이터가 아이들을 무척이나 좋아하는 척했다. "무척 귀여운 따님이군요. 프랑스 말도 꼭 프랑스 소녀처럼 잘하고요."

"디저트는 어떻게 할까? 기다렸다가 정할까?"

웨이터가 자리를 떴다. 오노리어는 뭔가 기대하는 표정으로 아버지를 바라보았다.

"오후에 우리 뭘 할 거예요?"

"우선 생토노레 가에 있는 그 장난감 상점에 들러 네가 좋아하는 거라면 뭐든지 다 사 주지. 그러고 나서 앙피르 극장에 가서 보드빌[35]을 구경하자꾸나."

그러자 오노리어가 망설였다. "보드빌은 좋지만요, 장난감 상점은 싫어요."

"왜 싫다는 거야?"

"아빠가 이 인형을 사 주셨잖아요." 그녀는 그가 사 준 인형을 갖고 있었다. "그리고 다른 물건도 많이 갖고 있어요. 게다가 이제 우린 부자가 아니잖아요?"

"부자인 적은 한 번도 없었단다. 하지만 오늘은 네가 원하는 거라면 뭐든지 사 주고 싶구나."

"그럼 좋아요." 오노리어는 어쩔 수 없다는 듯이 승낙했다.

그녀의 엄마와 프랑스 유모가 있던 시절에 그는 상당히 엄격한 아버지였다. 그러나 지금은 마음의 여유를 갖고 새로이 관용을 베풀었다. 그는 딸에게 아버지와 어머니의 두 역할을 해야 했고, 따라서 딸과의 의사소통을 단절해서는 안 되었던 것이다.

"전 아가씨와 친해지고 싶은데요." 그는 짐짓 근엄하게 말했다. "먼저 제 소개를 하지요. 프라하에 사는 찰스 J. 웨일스라고 합니다."

"어머, 아빠!" 그녀는 까르르 웃으면서 말했다.

"그런데 아가씨는 누구신가요?" 그가 계속해서 그런 식으

35 노래와 춤을 곁들인 통속 코미디.

로 말하자 그녀도 곧 장단을 맞추었다. "오노리어 웨일스라고 합니다. 파리의 팔라틴 가에 살고 있어요."

"결혼은 하셨나요, 아니면 아직 미혼이십니까?"

"아뇨, 아직 결혼을 하지 않았어요. 독신입니다."

찰리는 인형을 가리켰다. "하지만 아이가 있으시군요, 부인."

그 말을 듣고 오노리어는 차마 자기 아이가 아니라고 말하기 싫어 가슴에 꼭 안으면서 생각하다가 재빨리 이렇게 대답했다. "네, 결혼했었어요. 하지만 지금은 혼자인걸요. 남편과 사별했답니다."

그는 재빨리 계속 말을 이어 나갔다. "그런데 아이의 이름은 뭐죠?"

"시몬이랍니다. 제일 친한 학교 친구의 이름을 따다 붙였지요."

"학교생활을 잘하고 있다니 전 아주 기쁘답니다."

"전 이번 달에 3등을 했어요." 그녀는 자랑스러운 듯이 말했다. "엘지는(그녀의 사촌 말이다.) 겨우 18등 정도이고, 리처드는 거의 바닥을 기고 있지요."

"물론 리처드와 엘지를 좋아하겠지요?"

"물론 좋아하지요. 리처드는 아주 좋아하는 편이고, 엘지도 싫지는 않아요."

찰리는 지나가는 말처럼 조심스럽게 오노리어의 속마음을 떠보았다. "그럼 매리언 이모와 링컨 이모부…… 둘 중에서 누가 더 좋은가요?"

"글쎄요. 링컨 이모부인 것 같네요."

그는 점점 오노리어의 존재가 실감 났다. 둘이서 레스토랑으로 들어설 때도 등 뒤에서 "……귀엽기도 해라." 하며 속삭이는 말이 들렸는데, 지금은 옆 테이블에 앉은 사람들이 하던 얘기를 멈추고 마치 오노리어가 한 떨기 꽃처럼 의식 없는 무엇이라도 되는 양 바라보고 있었다.

"난 어째서 아빠하고 같이 살 수 없는 거예요?" 그녀가 갑자기 물었다. "엄마가 돌아가셔서 그런 건가요?"

"넌 이곳에 살면서 프랑스어 공부를 좀 더 해야 해. 아빠가 지금처럼 너를 잘 보살펴 주기는 힘들단다."

"전 이제 누가 보살펴 주지 않아도 돼요. 뭐든지 혼자서 할 수 있으니까요."

그들이 레스토랑을 나오려고 하는데 한 남자와 한 여자가 예기치 않게 그에게 인사를 했다.

"어머, 웨일스 아니에요!"

"잘 있었어요, 로레인. ……덩크도 같이 있군."

뜻밖에 마주친 과거의 망령들이었다. 덩컨 셰퍼는 대학 시절부터 알고 지내던 친구였고, 옅은 금발의 로레인 쿼리스는 삼십 대의 미인이었다. 흥청망청하던 삼 년 전, 한 달을 하루처럼 허비하는 데 일조한 많은 무리 중 하나였다.

"남편은 올해 올 수 없었어요." 그녀는 찰리의 물음에 대답했다. "우린 빈털터리 무일푼이니까요. 그래서 남편은 저한테 매달 200달러씩 보내 주면서 그걸 가지고 멋대로 하라고……. 이 애는 당신 딸인가요?"

"다시 들어가 자리에 앉는 게 어때?" 덩컨이 물었다.

"그럴 수 없어." 그는 거절할 핑계가 있다는 사실에 감사했다. 언제나 그랬듯이 로레인의 정열적이고 도발적인 매력에 끌리지 않는 것은 아니었지만 지금은 그럴 때가 아니었다.

"그럼 저녁 식사는 어때요?" 그녀가 물었다.

"일이 있어. 주소를 가르쳐 주면, 내가 연락을 취하기로 하지."

"찰리, 설마 당신 술에 취한 건 아니겠죠." 그녀가 재판관 같은 태도로 말했다. "덩크, 찰리가 정말 취한 것 같지는 않은데. 취했는지 저 사람을 한번 꼬집어 봐요."

찰리는 머리를 끄덕여 오노리어를 가리켰다. 두 사람은 모두 웃어댔다.

"자네 어디에 묵고 있나?" 덩컨이 의아한 표정으로 물었다.

그는 호텔 이름을 가르쳐 주기 싫어서 머뭇거렸다.

"아직 숙소를 정하지 못했어. 아무래도 내가 전화하는 편이 좋겠군. 우리는 지금 앙피르 극장으로 보드빌을 보러 가는 길이라네."

"바로 그거야! 나도 그걸 보고 싶어요." 로레인이 말했다. "어릿광대며 곡예사며 마술사며, 나도 보고 싶어요. 덩크, 우리도 그러는 게 좋겠어요."

"그전에 먼저 우린 심부름 갈 데가 있어서." 찰리가 말했다. "어쩌면 그곳에서 만날지도 모르겠군."

"좋아요, 자 그럼, 도도하신 신사 양반…… 미인 아가씨, 안녕."

"안녕히 가세요."

오노리어가 깍듯하게 머리를 숙여 인사를 했다.

어쩐지 반갑지 않은 만남이었다. 그들이 그를 좋아하는 것은, 그가 필요하기 때문이며 그가 진지하기 때문이었다. 두 사람이 그를 만나고 싶어 하는 이유도 찰리가 지금의 자신들보다도 강하기 때문이고, 그의 힘에서 뭔가 자신들을 지탱해 줄 것을 끌어내고 싶었기 때문이었다.

앙피르 극장에서 오노리어는 아버지가 접어 둔 코트 위에 한사코 앉으려 하지 않았다. 어느덧 딸아이는 자기만의 행동 규범을 가진 인격체로 성장했던 것이다. 그래서 찰리는 그 아이가 완전히 성인으로 굳어 버리기 전에 약간이라도 자신의 존재를 그녀에게 각인해 두고 싶은 욕망에 점점 사로잡혔다. 이렇게 짧은 시간 안에 딸아이를 이해한다는 것은 기대하기 어려운 일이었다.

막간(幕間)에 두 부녀는 밴드 음악을 연주하고 있는 로비에서 덩컨과 로레인과 다시 마주쳤다.

"한잔 마시지 않겠나?"

"좋아. 하지만 카운터에서는 마시지 마세. 테이블을 잡기로 하지."

"완벽한 아버지로군."

로레인의 말을 멍하니 귓전으로 흘리면서 찰리는 오노리어가 자신들의 테이블에서 시선을 떼는 것을 보았다. 그녀가 무엇을 바라보았을까 궁금해하면서 생각에 잠겨 그녀의 시선을 좇아 방 여기저기를 둘러보았다. 아버지의 시선과 마주치자 그녀는 미소를 지었다.

"레모네이드 맛있었어요." 그녀가 말했다.

딸은 무엇을 말한 것일까? 그리고 찰리는 무엇을 기대하고 있었던 것일까? 그 뒤 택시를 타고 집으로 돌아오면서 그는 딸의 머리가 자신의 가슴에 파묻히도록 꼭 껴안아 주었다.

"오노리어, 넌 엄마 생각을 하는 때가 있니?"

"네, 가끔씩요." 오노리어가 모호하게 대답했다.

"아빠는 네가 엄마를 잊지 않았으면 좋겠다. 엄마 사진 가지고 있지?"

"네, 가지고 있을 거예요. 하여튼 매리언 이모는 갖고 있어요. 하지만 왜 엄마를 잊으면 안 되나요?"

"엄마는 너를 무척 사랑했으니까."

"나도 엄마를 사랑했어요."

두 사람은 잠시 입을 다물었다.

"아빠, 난 아빠와 같이 살고 싶어요." 그녀가 갑자기 말했다.

찰리는 가슴이 뛰었다. 이런 식으로 일이 되어 가기를 그는 진작부터 바라고 있었다.

"지금 넌 행복하지 않니?"

"아뇨, 행복해요. 하지만 전 누구보다도 아빠가 좋아요. 그리고 아빠도 누구보다도 저를 좋아하시죠? 엄마는 이미 돌아가셨으니까 말이에요."

"그야 물론이지. 하지만 넌 언제까지나 아빠를 제일 좋아하지는 않을 거다. 네가 커서 네 또래의 누군가를 만나고 그 사람과 결혼하겠지. 그렇게 되면 그땐 아빠가 있었다는 사실조차 잊어버릴 거야."

"네, 그건 그렇겠죠." 딸은 침착하게 그 말에 동의했다.

그는 집 안에는 들어가지 않았다. 9시에 다시 돌아오기로 되어 있었기 때문에 그때 말해야 할 내용을 미리 말하고 싶지 않았던 것이다.

"집 안에 안전하게 들어가면, 저 창문으로 네 모습을 보여주렴."

"네, 그럴게요. 그럼 안녕, 아빠, 아빠, 아빠, 아빠."

그가 어두운 길거리에 서서 기다리고 있자, 그녀는 밝은 모습으로 2층 창가에 나타나 손가락으로 밤을 향해 키스를 보냈다.

3

그들은 기다리고 있었다. 매리언은 상복을 떠올리는 검은 예복을 정중히 차려입고 커피 세트 뒤에 앉아 있었다. 링컨은 이미 얘기를 하고 있던 사람처럼 활기 있게 방 안을 왔다 갔다 서성거리고 있었다. 그들도 그 못지않게 빨리 그 문제를 내놓고 얘기하고 싶어 했다. 그래서 그는 거의 곧바로 그 얘기를 꺼냈다.

"제가 두 분을 만나자고 한 이유를 잘 아실 거라고 생각합니다만…… 그러니까 제가 왜 파리에 왔는지 말입니다."

매리언은 목걸이에 달린 검은 별 장식을 만지작거리면서 미간을 찌푸렸다.

"전 몹시 가정을 갖고 싶습니다." 그는 말을 계속했다. "그리고 반드시 오노리어를 데리고 있고 싶습니다. 그 아이의 엄마를 대신해 오노리어를 맡아 주신 데 대해 무척 감사하게 생각하고 있어요. 하지만 이젠 사정이 달라졌습니다." 그는 잠시 머뭇거리고 나서 좀 더 힘 있게 말을 이어 나갔다. "저 자신이 근본적으로 달라졌습니다. 그러니까 두 분이 이 문제를 다시 생각해 주셨으면 합니다. 삼 년여 전 제가 엉망으로 처신했다는 걸 부정한다면 그건 아마도 바보 같은 짓이겠지요……."

매리언이 쏘아보듯이 그를 쳐다보았다.

"……하지만 이제 그런 일은 모두 끝났습니다. 방금 말씀드렸듯이 일 년 넘게 술을 하루에 한 잔 이상 입에 대지 않고 있습니다. 그 한 잔도 일부러 하고 있습니다. 머릿속에 알코올에 대한 생각이 너무 부풀지 않도록 말이지요. 무슨 말인지 아시겠습니까?"

"아뇨, 모르겠는데요." 매리언이 짧게 대꾸했다.

"말하자면 제 스스로 부리는 묘기지요. 그런 식으로 해서 문제를 조절하려는 겁니다."

"알겠네." 링컨이 말을 받았다. "술에 특별히 끌리고 있지 않다는 걸 인정하고 싶은 게로군."

"뭐, 그런 셈이지요. 가끔 잊어버리고 전혀 마시지 않는 날도 있습니다. 하지만 일부러 마시려 하고 있습니다. 어쨌든, 지금의 저는 술을 마실 처지가 아니지요. 제가 맡아 운영하는 회사 사람들은 그동안의 제 업적에 아주 만족하고 있습니다. 그래서 저는 벌링턴[36]에 있는 여동생을 불러다가 집안일을 맡길 생각입니다. 오노리어도 꼭 데려가고 싶습니다. 아시겠지만, 그 아이의 엄마와 사이가 좋지 않을 때에도 우린 무슨 일이 있어도 오노리어에게만은 영향을 끼치지 않으려고 노력했어요. 오노리어가 저를 좋아한다는 걸 알고 있고, 저 아이를 보살필 자신이 있다는 것도 알고 있습니다. 그리고…… 뭐, 그런 얘기지요. 두 분의 의향은 어떠십니까?"

이제는 매를 맞아야 한다는 것을 그는 잘 알고 있었다. 한두 시간은 계속될 것이고 쉽지는 않겠지만, 만약 어쩔 수 없는 반감을 어떻게든 억눌러서 회개한 죄인이 벌을 받는 태도를 취한다면, 결국에는 자신의 말이 먹혀들 터였다.

36 미국 버몬트 주 북서부에 있는 도시.

화를 내지 말자, 그는 자신에게 다짐했다. 자신의 행위를 정당화할 필요가 없지 않은가. 네가 원하는 것은 오노리어를 데려가는 것이다.

링컨이 먼저 말을 꺼냈다. "지난달 자네 편지를 받아 본 뒤 우리는 내내 그 일에 대해 얘기를 나눠 왔다네. 우린 오노리어를 데리고 있는 게 행복하다네. 그 앤 아주 사랑스러워서 우린 기꺼이 그 애를 돌봐줄 수 있지. 하지만 물론 문제는 그게 아니지만……."

그때 갑자기 매리언이 말을 가로막았다. "제부(弟夫)는 언제까지 술을 절제할 수 있겠어요?" 그녀가 물었다.

"영원히 그래야 한다고 생각합니다만."

"어떻게 그걸 장담할 수 있지요?"

"처형도 아시겠지만, 일을 그만두고 하는 일도 없이 파리에 올 때까지만 해도 전 알코올에 깊이 빠지지 않았습니다. 그러고 나서 헬런과 전 여기저기 흥청거리며 쏘다니기 시작했고……."

"제발 거기서 헬런 얘긴 빼 주세요. 제부 입에서 그런 식으로 제 동생 얘기가 나오는 건 참을 수 없어요."

그는 험상궂은 표정으로 매리언을 빤히 쳐다보았다. 아내가 살아 있을 때 그녀가 처형과 사이좋은 자매였다고 단 한 번도 확신을 가져 본 적이 없었다.

"제가 술에 빠져 있던 건 겨우 일 년 반 정도였지요. 이곳에 온 뒤부터 제가…… 쓰러질 때까지 말입니다."

"그 정도로도 충분했죠."

"맞는 말씀입니다." 그는 그 말에 동의했다.

"제가 책임을 느끼는 건 전적으로 헬런에 대해서뿐이에

요." 매리언이 말했다. "헬런이 내가 어떻게 하기를 바랄까 하고 난 생각하고 있어요. 솔직히 말해서, 제부가 그런 모진 짓을 한 그날 밤부터 제부는 내게 존재하지 않았어요. 그건 어쩔 수가 없지요. 헬런은 내 혈육이니까요."

"맞습니다."

"죽어 가면서 헬런은 내게 오노리어를 잘 돌봐 달라고 부탁했어요. 만약 그때 제부가 요양소에 있지만 않았다면, 문제가 좀 더 잘 풀렸을지도 몰라요."

그는 이 말에 아무런 대답도 하지 않았다.

"흠뻑 비에 젖은 채 몸을 덜덜 떨면서 헬런이 우리 집 문을 두드리던 그날 아침을 난 평생 잊을 수 없을 거예요. 제부가 헬런을 밖에 두고 문을 잠갔다고 하더군요."

찰리는 의자 팔걸이를 꽉 움켜잡았다. 예상했던 것보다 더 심했다. 장황하게 설득하고 해명하려다가 꾹 참고 다만 이렇게 말했다. "헬런이 밖에 있는데 문을 잠근 그날 밤은……." 그러자 그녀가 그의 말을 가로막았다. "그 얘기는 두 번 다시 듣고 싶지 않아요."

잠시 동안 침묵이 흐른 뒤 링컨이 말했다. "얘기가 잠깐 옆으로 빠진 것 같군. 지금 자네는 매리언에게 법률상의 후견인 자격을 포기하고 오노리어를 자네에게 보내 달라고 부탁하고 있는 거지. 그런데 이 사람 입장에서 문제는, 자네를 신용할 수 있느냐 없느냐 하는 거라는 말일세."

"전 처형을 탓하지 않습니다." 찰리가 천천히 말했다. "하지만 이제는 저를 완전히 믿어도 괜찮습니다. 삼 년 전까지만 해도 전 남한테 손가락질 받는 일이 없었습니다. 물론 인간이니까 언제든 잘못을 저지를 때가 있을지도 모르지요. 하지만 너무 오래 기다리다 보면 오노리어의 어린 시절을 그냥 놓쳐 버리게 되고, 저도 가정을 가질 기회를 잃어버리게 됩니다." 그는 고개를 흔들었다. "오노리어를 완전히 잃게 된다는 거지요. 아시겠습니까?"

"그래, 무슨 얘기인지 알겠네." 링컨이 대답했다.

"왜 진작 그런 생각을 하지 않았죠?" 매리언이 물었다.

"가끔씩 그런 생각을 하지 않은 건 아니지만, 헬런과 제 사이가 나빠지고 있었습니다. 처형을 후견인으로 승낙할 때, 전 요양소에 누워 있었고, 주식이 폭락하는 바람에 빈털터리가 되었지요.[37] 잘못 처신했다는 걸 잘 알고 있었습니다. 그래서 만약 헬런에게 어떤 마음의 평화라도 가져다줄 수만 있다면, 무슨 일이든지 동의할 생각이었지요. 하지만 이제는 사정이 다릅니다. 사람 구실도 하고 있고, 처신도 이제는, 제기랄 제법 잘하고 있다고요……."

"제 앞에서 욕지거리를 늘어놓지 마세요." 매리언이 쏘아붙였다.

찰리는 놀란 표정으로 그녀를 쳐다보았다. 이야기를 해 나가면 나갈수록 그녀의 혐오감은 점점 뚜렷해졌다. 그녀는 인생에 대한 모든 공포를 하나의 벽으로 쌓아 그것을 찰리 쪽으로 향하게 하고 있었다. 이런 터무니없는 책망은 어쩌면 몇 시간 전 요리사와 뭔가 옥신각신했기 때문인지도 모른다. 찰리는 이렇게 자신에 대한 적대감으로 가득 차 있는 분위기 속

37 여기에서 찰리 웨일스는 미국의 경제 대공황을 불러온 1929년 10월 뉴욕 증권시장의 몰락을 언급하고 있다. 경제 대공황은 십여 년 동안 미국 사람들에게 경제적으로 아주 심한 고통을 안겨 주었다.

에 오노리어를 맡겨 두는 것이 점점 더 불안해졌다. 그런 적대감은 어떤 때는 말로, 어떤 때는 고개를 젓는 모습으로 조만간 나타나게 될 것이다. 또한 그런 불신감의 일부는 어쩔 수 없이 오노리어에게도 심기게 될 터다. 그러나 그는 노여움을 얼굴에서 지워 버리고 가슴속에 가두어 둔 덕에 좀 더 유리한 입장에 서게 되었다. 왜냐하면 링컨이 아내의 말이 얼토당토않다는 것을 깨닫고, 언제부터 '제기랄'이라는 말에 반대했는지 농담 섞어 가볍게 물었기 때문이다.

"그리고 또 한 가지 말씀드릴 게 있습니다." 찰리가 말했다. "이젠 저도 그 아이를 위해 뭔가 해 줄 수 있게 되었지요. 전 프랑스인 가정 교사를 프라하로 데려갈 계획입니다. 새 아파트도 얻어 놨고……."

그만 실수를 한 것을 깨닫고 그는 입을 다물었다. 자신의 수입이 또다시 그들의 수입보다 두 배가 되었다는 사실을 그들이 곱게 받아들일 리가 없었기 때문이다.

"물론 우리보다는 제부가 저 아이를 호강시켜 줄 수 있겠지요." 매리언이 말했다. "제부가 물 쓰듯 돈을 뿌리던 시절에 우리는 10프랑에도 벌벌 떨면서 살았으니까요……. 또다시 그렇게 살기 시작할 모양이군요."

"아니, 천만에요." 그가 대답했다. "그동안 배운 게 많습니다. 아시다시피, 저도 십 년 동안 열심히 일했습니다. 다른 많은 사람들과 마찬가지로 주식 시장에서 요행을 잡을 때까지는 말이지요. 그땐 엄청나게 재수가 좋았지요. 이제 다시 그런 행운은 오지 않을 겁니다. 그래서 전 그만뒀지요. 다시는 그런 일이 일어나지 않을 겁니다."

잠시 긴 침묵이 흘렀다. 세 사람 모두 신경이 곤두서고 있음을 느꼈고, 찰리는 일 년 만에 처음으로 술을 마시고 싶어졌다. 이제 링컨 피터스가 오노리어를 자기에게 보내 주리라는 사실을 확신했기 때문이다.

갑자기 매리언이 부르르 몸을 떨었다. 찰리의 두 발이 이제 땅에 박혀 있다는 것을 그녀도 어느 정도 인정했고, 자신의 모성에 비추어 볼 때도 그의 희망은 당연하다고 인정하고 있었다. 그러나 그녀는 오랫동안 한 가지 편견을 갖고 살아왔다. 여동생이 행복할 리가 없다는 이상야릇한 불신에 근거를 둔, 그 끔찍한 밤의 충격 때문에 그에 대한 증오심으로 변해 버린 편견 말이다. 마침 그 일이 일어났던 때에 그녀의 건강은 좋지 않았다. 게다가 여러 역경 탓에 구체적인 악행이나 구체적인 악한의 존재를 믿게 되었던 바로 그 시기이기도 했다.

"난 그렇게 생각할 수밖에 없어요!" 그녀가 갑자기 소리를 질렀다. "제부가 헬런의 죽음에 얼마만큼의 책임이 있는지 난 잘 모르겠어요. 그건 제부가 제부 자신의 양심과 해결해야 할 문제이지요."

고통이 전류처럼 그의 온몸을 타고 흘렀다. 잠깐 동안 자신도 모르게 하고 싶은 말이 목구멍까지 치밀어 오르면서 거의 자리에서 일어날 뻔했다. 그러나 한 순간, 또 한 순간 자신을 억제했다.

"자네가 참게나." 링컨이 불안한 듯 말했다. "난 그 일에 자네가 책임 있다고 생각해 본 적이 한 번도 없네."

"헬런은 심장병으로 사망한 겁니다." 찰리가 목이 잠긴 목소리로 말했다.

"맞아요. 심장병이었지요." 매리언이 마치 그 말은 자신에게는 다른 의미를 지니고 있기라도 한 듯 말했다.

그러고 나서 감정을 분출하고 난 뒤에 오는 덤덤한 기분으로 그녀는 찰리를 똑바로 쳐다보았고 결국 그가 상황을 장악하게 되었다는 사실을 알고 있었다. 그녀는 남편을 바라보았지만 그로부터도 아무런 지원이 없으리라는 것을 깨달았고, 그러자 마치 그것이 그렇게 중요한 게 아니라는 듯이 갑자기 패배를 인정하고 말았다.

"제부가 하고 싶은 대로 하세요!" 그녀는 의자에서 벌떡 일어나면서 소리를 질렀다. "오노리어는 제부 아이니까요. 난 제부를 방해하는 사람이 아니에요. 만약 저 애가 내 자식이라면 차라리 저 아이에게……." 그녀는 가까스로 자신을 억제했다. "두 분이 결정하세요. 난 도저히 못 참겠어요. 몸이 좋지 않아서 좀 쉬어야겠어요."

그렇게 말하고 그녀는 황급히 방을 나가 버렸다. 잠시 뒤 링컨이 말했다.

"오늘은 아내에게 힘든 하루였다네. 자네도 알다시피, 여자란 얼마나 단호한지……." 그의 말투는 거의 변명에 가까웠다. "일단 어떤 생각을 머리에 간직하면 말일세."

"무리도 아니지요."

"잘 풀리게 될 걸세. 아내도 이젠 이해할 거라고 생각하네. 자네가…… 저 아이를 돌볼 수 있다는 걸 말일세. 그러니 우린 자네나 오노리어의 길을 방해할 수가 없지 않은가."

"형님, 고맙습니다."

"아내가 어떤지 살피러 가야겠네."

"그럼 이만 돌아가겠습니다."

길거리로 나와서도 그의 몸은 한동안 여전히 떨렸지만 보나파르트 가를 따라 강변으로 내려가자 마음이 가라앉았고,

강변의 불빛을 받아 산뜻하고 새롭게 보이는 센 강변을 가로질러 갈 때에는 제법 승리감마저 느꼈다. 그러나 숙소에 돌아온 그는 잠을 이룰 수 없었다. 헬런의 모습이 자주 떠올랐던 것이다. 그렇게도 사랑하던 헬런이었지만 결국 두 사람은 어리석게도 서로의 사랑을 모욕하기 시작했고, 마침내 그것을 산산조각으로 부숴 버리고 말았다. 매리언이 그렇게 생생하게 기억하는 그 끔찍한 2월의 밤에도 따분한 말다툼이 몇 시간이나 계속되었다. '플로리다' 카페에서 한 차례 소동이 벌어진 뒤 그는 그녀를 집으로 데리고 가려 했다. 그러자 그녀가 테이블에 앉은 웹이라는 청년에게 키스를 했다. 그러고 나서 그녀는 히스테리가 되어 떠들어 댔다. 혼자서 집으로 돌아간 그는 분노를 참지 못하고 문에 자물쇠를 걸어 버렸다. 한 시간 뒤 그녀가 혼자서 돌아올 줄을, 눈보라가 몰아쳐서 당황한 나머지 택시도 잡지 못하고 슬리퍼를 신은 채 헤매고 다녔으리라고 그가 어떻게 예상할 수 있었겠는가? 그러고 나서 그 여파라고 해야 할 그녀의 폐렴 소동, 기적적으로 살아남기는 했지만 그 뒤에 끔찍한 일들이 몇 가지 더 일어났다. 두 사람은 '화해'했지만 그것은 파국의 시작에 지나지 않았다. 그리고 그 사건을 직접 자기 눈으로 확인하고 그것을 동생이 겪은 수많은 수난 중 하나에 불과하다고 상상한 매리언은 결코 그날을 잊을 수 없게 된 것이다.

그때의 일을 다시 떠올리자 헬런이 점점 가깝게 느껴졌고, 동이 틀 무렵 반쯤 잠이 든 사이 조용히 다가온 희고 부드러운 빛 속에서 그는 어느새 또다시 헬런과 대화를 나누고 있었다. 그녀는 오노리어에 대해서 그의 생각이 전적으로 옳으며 오노리어가 그와 함께 살았으면 좋겠다고 말했다. 그리고 그가 성실한 사람이 되고 일이 잘 풀리고 있어 기쁘다고도 말했다. 그 밖에도 그녀는 이것저것 많은 얘기를 했다. 아주 친밀감을 느끼게 하는 얘기들 말이다. 그러나 그녀는 새하얀 드레스를 입고 그네를 타고 있었는데, 그네가 점차 빨리 흔들리는 바람에 끝에 가서는 그녀가 하는 말을 모두 똑똑히 알아들을 수가 없었다.

4

찰리 웨일스는 행복한 기분으로 눈을 떴다. 이 세상의 문이 다시 열린 것이다. 여러 계획과 전망을 세우고 오노리어와 자기 자신의 미래를 그려 보았다. 그러나 헬런과 함께 세웠던 모든 계획이 떠오르자 그는 갑자기 슬퍼졌다. 그녀에게 죽음 따위는 계획에도 없었는데 말이다. 중요한 것은 지금 현재다. 해야 할 일 그리고 사랑해야 할 누군가 말이다. 그러나 지나치게 너무 사랑해서는 안 된다. 너무 지나치게 애착을 느끼다 보면 아버지가 딸에게, 엄마가 아들에게 해를 끼치기 쉽다는 것을 그는 잘 알고 있었다. 뒷날 나이가 들어 아이는 결혼 상대에게 같은 식으로 맹목적인 사랑을 요구할 것이고, 아마 그것을 얻지 못하면 사랑에도 인생에도 등을 돌리게 될 것이 아닌가.

그날도 화창하게 갠 산뜻한 날씨였다. 그는 링컨 피터스의 근무처인 은행으로 전화를 걸어 프라하로 돌아갈 때 오노리어를 데리고 가는 것으로 생각해도 좋겠냐고 물어보았다. 링컨은 더 이상 미룰 이유가 없다고 말했다. 다만 한 가지, 법정 후견인 문제가 남아 있다는 것이다. 매리언은 좀 더 그 권한을 갖고 있기를 원했다. 모든 문제 탓에 그녀는 아직도 당황한 상태에 있었고, 그래서 앞으로 일 년 정도 더 자신이 이 문제를 통제하고 있다는 느낌을 갖는다면 아마 일이 원활하게 진행되리라는 것이다. 찰리로서는 눈으로 볼 수 있고 손으로 만질 수 있는 그 아이를 원할 뿐이기 때문에 그의 말에 동의했다.

그다음 문제는 가정 교사였다. 찰리는 을씨년스러운 소개소에 앉아서 무뚝뚝한 베아른[38] 출신 여자와 뚱뚱보 브르타뉴[39] 시골 처녀를 면접했지만 둘 다 참기 어려운 상대였다. 다른 지원자들도 있었지만 이튿날 만나기로 했다.

찰리는 '그리퐁'에서 링컨 피터스와 함께 점심을 먹으면서 들뜬 기분을 애써 억제하려고 노력했다.

"자기 자식만 한 것도 이 세상에 없지." 링컨이 말했다. "하지만 자네는 매리언의 기분도 이해해 줘야 하네."

"처형은 제가 고국에서 칠 년 동안 얼마나 열심히 일했는지 잊고 있습니다." 찰리가 말했다. "단지 그날 밤의 일을 기억하고 있을 뿐이지요."

"꼭 그 일 때문만은 아니라네." 링컨이 머뭇거리며 말했다. "자네가 헬런과 돈을 뿌리면서 유럽 구석구석을 쏘다니던 시절, 우리는 가까스로 살고 있었지. 난 그 호경기에도 아무런 행운을 잡을 수가 없었어. 보험금을 붓는 것도 빠듯할 만큼 여유가 없었기 때문이지. 매리언은 그게 뭔가 부당하다고 느꼈

38 프랑스의 남서부 지방.

39 프랑스 북서부의 반도를 중심으로 한 지역.

던 것 같아……. 막판에 가서는 자네가 아무 일도 하지 않는데도 점점 더 부자가 되어 갔으니까 말일세."

"빨리 들어온 만큼이나 빨리 사라져 버렸지요."

"그랬지. 많은 돈이 웨이터나 색소폰 연주자나 호텔 지배인의 주머니로 들어갔지……. 어쨌든, 그런 성대한 파티도 이제는 끝장이 났네. 내가 이런 말을 꺼내는 이유는, 제정신이라곤 말할 수 없었던 지난 몇 년 동안의 상황에 대해 매리언이 어떻게 생각하고 있는지 설명하려는 걸세. 오늘 밤 매리언이 너무 피곤하기 전에 6시쯤 와 준다면, 그 자리에서 구체적인 일을 결정하기로 하세."

찰리가 호텔에 돌아와 보니 기송(氣送)[40]으로 부쳐 온 속달 편지 한 통이 기다리고 있었다. 누군가 찾고 싶은 사람이 있어 주소를 남겨 놓은 '리츠' 바에서 이쪽으로 다시 보내 준 것이었다.

찰리 보세요.

지난번 만났을 때 당신이 워낙 낯설게 대해서 내가 뭔가 기분을 상하게 한 일이라도 있나 하고 생각했어요. 비록 그렇게 했다 해도 나는 전혀 의식을 못 하고 있어요. 사실, 작년 한 해 동안 당신에 대해 무척 많이 생각했어요. 이곳에 오면 어쩌면 당신을 만날 수 있지 않을까 하고 언제나 마음속으로 기대했지요. 정말 미치광이 같았던 그해 봄, 우린 아주 즐거운 시간을 보냈지요. 당신과 둘이서 정육점 주인의 삼륜차를 잠시 슬쩍했던

40 편지나 소포 따위를 압축 공기 관(管)으로 발송하는 우편.

그날 밤이라든가, 대통령한테 가자며 당신이 낡은 중산모자의 테두리만 쓰고 철사 지팡이를 짚고 다니던 때도 있었잖아요. 요즈음은 다 늙어 버린 것 같아 보이지만, 난 전혀 나이 든 기분이 들지 않아요. 옛날을 생각해서 오늘 만날 수 없을까요? 지금은 지독한 숙취 때문에 맥도 못 추고 있지만, 오후에는 기분이 나아질 것 같아요. 5시경에 '리츠' 바에서 당신을 찾아보겠어요.

언제나 헌신적인
로레인 올림

이 편지를 받고 맨 처음 느낀 것은 두려움이었다. 성인이 되어 실제로 남의 삼륜차를 훔쳐 페달을 밟으며 로레인과 함께 늦은 시각에서 새벽 사이에 에투왈 광장을 돌아다녔으니까 말이다. 돌이켜 보면 그야말로 악몽 같은 시간이었다. 문을 잠가 헬런을 못 들어오게 한 사건은 그의 평소 행동과는 들어맞지 않았지만 삼륜차 사건은 잘 들어맞았다. 그것은 그가 평소에 저질렀던 많은 행동 중의 하나였다. 그토록 완전히 무책임한 상태에 이르기까지 과연 몇 주일 또는 몇 개월이나 방탕한 생활에 빠져 있었던가.

그는 그 무렵 자신에게 로레인이 어떻게 보였는지 마음속으로 상상해 보려고 했다. 아주 매력적인 여자였다. 비록 아무 말도 하지 않았지만 헬런은 그 일 때문에 불행했었다. 어제 레스토랑에서 만났을 때 로레인은 평범하고 진부하고 지친 것처럼 보였다. 그는 절대로 그녀를 만나고 싶지 않았고, 앨릭스가 그녀에게 호텔 주소를 알려 주지 않은 것을 천만다행으로 생각했다. 그 대신 오노리어를 생각하자 안심이 되었다. 일요

일이 되면 그녀와 함께 지내고, 아침에는 그녀에게 아침 인사를 하며, 밤에도 그녀가 숨을 쉬며 자신의 집에 살고 있을 것을 생각하니 말이다.

5시에 찰리는 택시를 타고 나가 처형 식구들에게 줄 선물을 샀다. 예쁜 봉제 인형이며, 상자에 든 로마 병정이며, 매리언에게 줄 꽃다발이며, 링컨에게 줄 큼직한 린넨 손수건을 샀다.

아파트에 도착한 찰리는 매리언이 이미 피할 수 없는 사실을 받아들이고 있다는 것을 알았다. 지금까지와는 달리 위협적인 국외자라기보다는 다루기 힘든 가족의 일원인 듯 그에게 인사를 했다. 오노리어는 아버지와 함께 간다는 얘기를 이미 들어 알고 있었다. 그런데도 눈치 있게 너무 좋아하는 내색을 하지 않으려는 것을 보며 찰리는 기분이 좋았다. 그의 무릎에 올라앉을 때에만 그녀는 기뻐하며 나지막한 목소리로 "언제 가요?" 하고 속삭이고는 곧 다른 아이들이 있는 곳으로 가 버렸다.

그는 잠시 동안 매리언과 둘이서만 방 안에 있었고, 충동에 이끌려 불쑥 말을 꺼냈다.

"집안 다툼이란 여간 괴로운 게 아니더군요. 어떤 원칙에 따라 싸우지 않으니까요. 통증이나 상처와는 다르지요. 오히려 달라붙을 살이 없어서 아물지 않는, 피부가 째진 곳과 같다고나 할까요. 앞으로 처형과 좀 더 원만하게 지내고 싶습니다."

"어떤 일은 아무래도 잊을 수 없는 법이니까요." 매리언이 대답했다. "문제는 상대방을 믿을 수 있느냐 하는 거지요." 찰리가 그 말에 대답을 하지 못하자 곧 그녀가 물었다. "언제 오노리어를 데리고 갈 생각인가요?"

"가정 교사를 구하는 대로 그럴 생각입니다. 생각 같아서는 모레쯤이면 좋겠습니다만."

"그건 도저히 불가능해요. 저 애의 물건들을 정리해 줘야 하니까요. 빨라도 토요일 전에는 안 돼요."

그는 그 말을 받아들였다. 링컨이 방에 다시 돌아오며 그에게 술을 권했다.

"그럼 오늘분 위스키를 한 잔 마시겠습니다." 그가 말했다.

이곳의 공기는 포근했다. 식구들이 난롯가에 모여 있는 모습에 정말로 가정이라는 느낌을 받았다. 아이들은 자신들이 안전하고 소중하게 취급받고 있다는 것을 느끼고 있었다. 엄마와 아빠는 진지하게 주의를 기울이고 있었다. 그들에게는 그의 방문보다도 아이들에게 해 주어야 할 일들이 더 중요했다. 결국 매리언과 자신 사이의 불화보다도 아이에게 약 한 숟가락 먹이는 일이 더 중요한 것이다. 그들은 무미건조한 사람들은 아니었지만 생활과 살림 형편에 찌들어 있었다. 판에 박은 듯한 은행원 생활에서 링컨을 벗어나도록 해 줄 수 있는 일이 없을까 하고 그는 생각했다.

그때 현관문의 벨이 길게 울렸다. 프랑스인 가정부가 앞을 지나 복도로 나갔다. 다시 한 번 벨이 길게 울리자 문이 열리면서 누군가의 목소리가 들려왔다. 거실에 있던 세 사람은 누구일까 하고 고개를 들었다. 링컨은 복도를 보기 위해 몸을 움직였고, 매리언은 자리에서 일어났다. 그러고 나서 가정부가 복도를 따라 되돌아왔고, 그 바로 뒤에 누군가의 목소리가 계속 들려왔으며, 그 목소리는 밝은 불빛 아래 다름 아닌 덩컨 셰퍼와 로레인 쿼리스의 모습으로 바뀌었다.

두 사람은 기분이 좋았고 법석대며 큰 소리로 웃고 떠들어 댔다. 순간 찰리는 당황해서 어찌할 바를 몰랐다. 이들이 어떻게 피터스의 집 주소를 찾아냈는지 도무지 알 수 없는 노릇이었다.

"아—아—하!" 덩컨은 짓궂게 찰리에게 손가락을 흔들어댔다. "아—아—하!"

두 사람은 또다시 한바탕 요란하게 웃어 댔다. 불안과 당혹스러움에 빠진 찰리는 재빨리 그들과 악수를 한 뒤 링컨과 매리언에게 소개했다. 매리언은 가볍게 고개만 숙였을 뿐 거의 입을 열지 않았다. 그녀는 난로 쪽으로 한 발짝 물러섰다. 어린 딸이 옆에 서 있었고, 매리언은 한 팔로 그 애의 어깨를 감쌌다.

찰리는 이 무례한 침입에 대해 차츰 분노를 느끼면서 그들이 사정을 해명하기를 기다렸다. 골똘히 생각한 뒤 먼저 덩컨이 입을 열었다.

"자네를 저녁 식사에 초대하러 왔네. 로레인과 난 자네가 쉬쉬하며 주소를 숨기는 일을 그만두었으면 하네."

찰리는 마치 두 사람을 복도 아래로 밀어낼 듯이 바싹 다가갔다.

"미안하지만 그럴 수 없네. 어디 있을지 행선지를 알려 주면 삼십 분 뒤에 전화하겠네."

그렇게 말했지만 두 사람은 들은 척도 하지 않았다. 로레인은 갑자기 의자 팔걸이에 앉으며 리처드를 쳐다보면서 큰 소리로 말했다. "어머, 무척 귀여운 도련님이네! 이쪽으로 와 보렴, 꼬마 신사." 리처드는 엄마의 얼굴을 올려다볼 뿐 조금도 움직이지 않았다. 눈에 띄게 어깨를 들썩거리며 로레인은 다시 찰리 쪽으로 몸을 돌렸다.

"우리 저녁 먹으러 나가요. 당신 친척들은 상관하지 않을 거예요. 좀처럼 얼굴 보기가 힘들어요. 아니, 너무 목에 힘을 주셔."

"지금은 안 돼." 찰리가 무뚝뚝한 말투로 말했다. "둘이서 저녁을 하게나. 내가 나중에 연락을 취할 테니."

갑자기 로레인의 목소리가 불쾌해졌다. "알았어요. 가겠어요. 하지만 난 아직 잊지 않고 있어요. 당신이 새벽 4시에 우리 집 문을 마구 두드렸던 일 말이에요. 그때 난 당신에게 술을 낼 만큼 잘해 주었다고요. 자, 가요, 덩컨."

몽롱하고 화가 난 얼굴을 하고 두 사람은 어정쩡한 발걸음으로 느릿느릿 복도를 따라 걸어 나갔다.

"잘 가요." 찰리가 말했다.

"잘 있어요!" 로레인이 힘주어 대답했다.

찰리가 응접실로 돌아오자 매리언은 조금도 움직이지 않고 같은 자리에 서 있었고, 이제는 그녀의 아들이 그녀의 다른 팔 범위 안에 서 있었다. 링컨은 여전히 오노리어를 안고 시계추처럼 좌우로 흔들어 대고 있었다.

"어떻게 이런 무례한 일이 다 있는지!" 찰리가 발끈 화를 내며 말했다. "도대체 예의라곤 모르는 인간들이야!"

부부는 아무런 대답도 하지 않았다. 찰리는 팔걸이의자에 털썩 앉은 뒤 아까 마시던 술잔을 집어 들었지만 다시 내려놓으며 말했다.

"이 년이나 만나지 않은 사람들인데 그렇게 뻔뻔스럽게……."

그는 갑자기 입을 다물었다. 매리언이 화가 난 듯 빠르게

"오오!" 하고 한마디 내뱉고는 그에게서 몸을 휙 돌려 방에서 나가 버렸기 때문이었다.

링컨은 오노리어를 살짝 내려놓았다.

"너희들 안으로 들어가서 수프를 먹기 시작해라." 그가 말했다. 아이들이 시키는 대로 하자 그는 찰리에게 말했다.

"매리언은 건강이 좋지 않아서 충격을 견디지 못하네. 저런 부류의 사람들을 보면 그야말로 몸이 아플 정도지."

"제가 부른 게 아닙니다. 저자들이 어디선가 형님의 이름을 알아낸 겁니다. 저자들은 일부러……."

"하여튼 일이 참으로 곤란하게 되었어. 문제에 도움이 되지 않는단 말씀이야. 잠깐 실례하겠네."

혼자 남게 된 찰리는 긴장한 채 의자에 앉아 있었다. 옆방에서는 어른들 사이의 소동 따위는 벌써 잊어버린 듯 짤막한 말을 서로 주고받으며 저녁을 먹는 아이들의 목소리가 들려왔다. 그 안쪽 방에서는 작은 목소리로 이야기하는 소리가 들려왔고, 이어서 찰칵하고 수화기를 들어 올리는 소리가 들려왔다. 겁에 질린 찰리는 목소리가 들리지 않는 방의 반대편으로 자리를 옮겼다.

잠시 뒤 링컨이 돌아왔다. "여보게, 찰리. 오늘 저녁 식사는 다음으로 미루는 게 좋을 것 같네. 아무래도 매리언의 상태가 엉망이라서."

"저한테 화가 난 겁니까?"

"그런 셈이지." 그가 거칠다 싶을 정도로 대꾸했다. "그녀의 건강이 좋지 않은 데다가……."

"그러니까 오노리어의 일에 대해 마음이 변했다는 건가요?"

"지금은 몹시 화가 나 있네. 난 잘 모르겠어. 내일 은행으로 전화해 주게나."

"형님이 잘 설명해 주십시오. 그 사람들이 여기까지 쳐들어올 줄은 꿈에도 생각지 못했다고요. 두 분 못지않게 저도 화가 납니다."

"지금은 매리언에게 뭐라고 변명할 수가 없다네."

찰리는 자리에서 일어났다. 그리고 코트와 모자를 집어 들고 복도를 따라 걸어갔다. 그런 뒤 식당 문을 열고 이상한 목소리로 "모두들 잘 있어라." 하고 인사를 했다. 평소와 다른 기묘한 목소리였다.

오노리어가 자리에서 일어나 식탁을 돌아 달려 나와 그에게 안겼다.

"잘 있어라, 아가야." 그가 모호하게 말했다. 그러고 나서 목소리를 좀 더 부드럽게 가다듬어 어떤 불신을 달래려고 하면서 이렇게 덧붙였다. "잘 있어라, 얘들아."

5

찰리는 로레인과 덩컨을 가만두지 않겠다고 다짐하며 그 길로 곧장 '리츠' 바로 갔지만 막상 두 사람은 그곳에 없었다. 그리고 설령 그들을 찾아낸다 하더라도 그가 할 수 있는 일이란 아무것도 없다는 사실을 깨달았다. 피터스의 집에서는 술을 입에도 대지 않았지만 그는 위스키소다를 주문했다. 폴이 그에게 다가와 인사를 했다.

"완전히 달라졌어요." 폴이 아쉬운 듯이 말했다. "지금은 그때의 반 정도밖에는 장사가 되지 않아요. 듣자 하니 미국에 돌아가서 모든 것을 잃어버린 분들도 상당히 많다지요. 아마 맨 처음 증권 폭락에서 살아남았던 사람들도 두 번째 때 당한 모양입니다. 친구분이신 조지 하트 씨도 한 푼도 안 남기고 깨끗하게 털렸다고 들었습니다. 사장님도 미국으로 돌아가셨나요?"

"아니, 난 지금 프라하에서 사업을 하고 있네."

"사장님도 주식 폭락으로 상당히 손해를 보았다고 들었습니다만."

"그랬지." 하고 말한 뒤 그는 엄숙한 표정으로 이렇게 덧붙였다. "하지만 내가 소중한 것을 모두 잃어버린 건 경기가 좋을 때였다네."

"공매(公賣) 때문이었군요."

"뭐, 그와 비슷한 것 때문이었지."

또다시 그 시절의 기억이 악몽처럼 그를 엄습해 왔다. 그들이 여행하며 만났던 사람들이며, 그다음에는 숫자의 덧셈도 제대로 할 수 없고 조리 있게 말도 할 줄 모르던 사람들. 또한 선상(船上) 파티에서 헬런이 댄스 상대로 허락했는데도 테이블에서 10피트 떨어진 곳에서 그녀에게 모욕을 주던 키 작은 사나이며, 술이나 마약에 취해 비명을 지르면서 강제로 공공장소에서 끌려 나가던 중년 여성과 아가씨들.

그리고 1929년의 눈은 진짜 눈이 아니라며 아내를 눈 내리는 바깥으로 내쫓은 남자들. 눈이 아니기를 바라면 약간의 돈을 집어 주기만 하면 되었던 것이다.

찰리는 피터스의 아파트에 전화를 걸었다. 링컨이 받았다.

"그 일이 아무래도 마음에 걸려 전화를 걸었습니다. 처형은 뭐라고 분명히 하시던가요?"

"매리언은 지금 몸 상태가 좋지 않다네." 링컨이 짤막하게 대답했다. "이번 일은 전적으로 자네 잘못만은 아니라는 걸 잘 알고 있네만, 그렇다고 아내를 엉망으로 만들 순 없네. 여섯 달 동안 그냥 미루어 두는 수밖에 없을 것 같아. 아무래도 아내를 또다시 지금 같은 상태가 되도록 만들 순 없어."

"잘 알겠습니다."

"미안하네, 찰리."

그는 다시 테이블로 돌아왔다. 술잔은 비어 있었지만 앨릭스가 그의 의향을 묻듯이 그 잔을 쳐다보았을 때 그는 고개를 내저었다. 이제는 오노리어에게 뭔가 물건을 보내 주는 것 말고는 그가 달리 할 수 있는 일이 없었다. 내일 여러 가지 물건을 사서 보내 주기로 하자. 그 모든 것이 결국 돈 때문이 아닌가 생각하자 조금 화가 치밀어 올랐다. 그는 지금까지 너무 많은 사람들에게 돈을 주었던 것이 아닌가.

"아니, 이제 그만하겠네." 그는 다른 웨이터에게도 말했다. "술값이 얼마인가?"

언젠가 그는 또다시 이 도시에 돌아올 것이다. 언제까지나 그에게 돈을 지불하게 할 수 없는 노릇이었다. 그래도 그는 아이를 원했고, 그 사실을 제외하고는 이제 중요한 일이라고는 아무것도 없었다. 이제 혼자서 그렇게 많은 멋진 생각과 꿈을 가질 수 있는 젊은이가 아니었다. 헬런도 그가 이렇게 외로움을 겪는 것을 원하지 않을 것이라고 찰리는 조금도 믿어 의심치 않았다.

옮긴이 김욱동

한국외국어대학교 영문과 및 같은 대학원을 졸업하고 미국 미시시피 대학교에서 영문학 석사 학위를, 뉴욕 주립 대학에서 영문학 박사 학위를 받았다. 하버드 대학교, 듀크 대학교 등에서 교환 교수를 역임하고 서강대학교 명예 교수 및 울산과학기술원(UNIST) 초빙 교수로 있다. 1987년 《세계의 문학》에 「언어와 이데올로기—바흐친의 언어 이론」을 발표하며 등단했다. 저술가, 번역가, 평론가로서 『모더니즘과 포스트모더니즘』, 『녹색 고전』, 『소로의 속삭임』 등을 쓰고 『위대한 개츠비』, 『앵무새 죽이기』, 『동물농장』 등 다양한 작품을 번역했다. '문학 생태학', '녹색 문학' 방법론을 도입해 생태 의식을 일깨웠으며 『시인은 숲을 지킨다』, 『생태학적 상상력』, 『문학 생태학을 위하여』, 『적색에서 녹색으로』, 『인디언의 속삭임』 등을 펴냈다.

한은경

서울대학교 영어영문학과를 졸업하고 같은 대학원에서 박사 학위를 받았다. 현재 서울대학교 언어 교육원 선임 연구원이다. 옮긴 책으로는 『사랑의 역사』, 『오두막』, 『나폴레옹의 시대』, 『르네상스』 등이 있다.

리츠 호텔만 한 다이아몬드

1판 1쇄 펴냄 2016년 11월 25일
1판 8쇄 펴냄 2022년 10월 31일

지은이 F. 스콧 피츠제럴드
옮긴이 김욱동, 한은경
발행인 박근섭, 박상준
펴낸곳 (주)민음사

출판등록 1966. 5. 19. 제16-490호
서울특별시 강남구 도산대로1길 62(신사동)
강남출판문화센터 5층 06027
대표전화 02-515-2000 팩시밀리 02-515-2007
www.minumsa.com

ISBN 978 89 374 2905 7 04800
ISBN 978 89 374 2900 2 (세트)

* 잘못 만들어진 책은 구입처에서 교환해 드립니다.

쏜살 반도덕주의자 앙드레 지드 | 동성식 옮김

법 앞에서 프란츠 카프카 | 전영애 옮김

이것은 시를 위한 강의가 아니다 E. E. 커밍스 | 김유곤 옮김

엄마는 페미니스트 치마만다 응고지 아디치에 | 황가한 옮김

걸어도 걸어도 고레에다 히로카즈 | 박명진 옮김

태풍이 지나가고 고레에다 히로카즈 · 사노 아키라 | 박명진 옮김

조르바를 위하여 김욱동

달빛 속을 걷다 헨리 데이비드 소로 | 조애리 옮김

죽음을 이기는 독서 클라이브 제임스 | 김민수 옮김

꾸밈없는 인생의 그림 페터 알텐베르크 | 이미선 옮김

회색 노트 로제 마르탱 뒤 가르 | 정지영 옮김

참깨와 백합 그리고 독서에 관하여 존 러스킨 · 마르셀 프루스트 | 유정화 · 이봉지 옮김

순례자 매 글렌웨이 웨스콧 | 정지현 옮김

마르그리트 뒤라스의 글 마르그리트 뒤라스 | 윤진 옮김

너는 갔어야 했다 다니엘 켈만 | 임정희 옮김

무용수와 몸 알프레트 되블린 | 신동화 옮김

호주머니 속의 축제 어니스트 헤밍웨이 | 안정효 옮김

밤을 열다 폴 모랑 | 임명주 옮김

밤을 닫다 폴 모랑 | 문경자 옮김

책 대 담배 조지 오웰 | 강문순 옮김

세 여인 로베르트 무질 | 강명구 옮김

시민 불복종 헨리 데이비드 소로 | 조애리 옮김

헛간, 불태우다 윌리엄 포크너 | 김욱동 옮김

현대 생활의 발견 오노레 드 발자크 | 고봉만 · 박아르마 옮김

나의 20세기 저녁과 작은 전환점들 가즈오 이시구로 | 김남주 옮김

장식과 범죄 아돌프 로스 | 이미선 옮김

개를 키웠다 그리고 고양이도 카렐 차페크 | 김선형 옮김

정원 가꾸는 사람의 열두 달 카렐 차페크 | 김선형 옮김

죽은 나무를 위한 애도 헤르만 헤세 | 송지연 옮김

도리언 그레이의 초상 1890 오스카 와일드 | 임슬애 옮김

아서 새빌 경의 범죄 오스카 와일드 | 정영목 옮김

질투의 끝 마르셀 프루스트 | 윤진 옮김

상실에 대하여 치마만다 응고지 아디치에 | 황가한 옮김

납치된 서유럽 밀란 쿤데라 | 장진영 옮김